EX LIBRIS

Aus der Bibliothek von:

Die drei !!!

Die drei !!!

Maja von Vogel

Die drei !!!

Rätsel der Vergangenheit

Kosmos

Umschlagillustration von Ina Biber, Gilching
Umschlaggestaltung von Friedhelm Steinen-Broo, eSTUDIO CALAMAR

Weitere Bände dieser Reihe siehe S. 144

MIX
Papier aus verantwortungsvollen Quellen
FSC® C014496
FSC www.fsc.org

Gedruckt auf chlorfrei gebleichtem Papier

ISBN 978-3-440-16021-3
Redaktion: Franziska Kunze
Lektorat: Claudia Müller
Produktion: DOPPELPUNKT, Stuttgart
Druck und Bindung: GGP Media GmbH, Pößneck
Printed in Germany / Imprimé en Allemagne

Die drei !!!

Rätsel der Vergangenheit

Schock am See

»Lasst mich durch, das ist ein Notfall!« Marie beugte sich über den Fahrradlenker und trat kräftig in die Pedale. Erst überholte sie Kim, dann Franzi.

»Was ist denn los?«, rief Franzi hinter ihr.

»Ich krieg einen Hitzschlag, wenn ich nicht in den nächsten fünf Minuten eine Abkühlung bekomme!« Marie hörte auf zu treten und ließ sich den Hang hinabrollen.

Der Fahrtwind fuhr durch ihre langen blonden Haare und strich über ihre geröteten Wangen. Für den 1. Mai war es ungewöhnlich warm. Pünktlich zum langen Feiertagswochenende hatte die erste Hitzewelle des Jahres die Stadt erreicht und sorgte für schweißtreibende Temperaturen, lange Schlangen vor den Eisdielen und überfüllte Freibäder. Deshalb hatten die drei !!! beschlossen, nicht wie üblich ins Waldschwimmbad zu gehen, sondern eine Radtour zum Baggersee zu machen, der etwas außerhalb zwischen Wiesen und Feldern lag.

Nach einer Kurve kam der See in Sicht. Er war von hohen Bäumen umgeben und sein Wasser glitzerte verheißungsvoll in der Sonne. Marie konnte es kaum erwarten, endlich hineinzuspringen. Ihr Top klebte am Rücken und sie wischte sich mit einer schnellen Handbewegung den Schweiß von der Stirn.

»Gleich sind wir da!« Franzi setzte zum Endspurt an und sauste an Marie vorbei.

Marie versuchte gar nicht erst, mitzuhalten. Sie war zwar auch ziemlich fit, aber Franzi war eindeutig die Sportlichste der

drei. Sie ritt regelmäßig auf ihrem Pony Tinka, skatete mit ihrem Freund Blake, spielte Fußball, joggte und schwamm.
»Müsst ihr so rasen?«, schimpfte Kim. »Zu viel körperliche Betätigung bei Temperaturen über achtundzwanzig Grad ist total ungesund!«
Marie grinste. »Wo hast du das denn her?«
»Irgendwo gelesen«, behauptete Kim.
Im Gegensatz zu Franzi kuschelte Kim sich lieber mit einem guten Buch aufs Sofa oder schrieb an ihren Krimigeschichten, statt sich beim Sport zu verausgaben.
Am Fuß des Hügels bog Marie auf einen Schotterplatz ein, den die Badegäste zum Parken nutzten. Die Autos standen dicht an dicht und ein Fahrer manövrierte seinen Wagen gerade in die letzte freie Lücke.
Die drei !!! lehnten ihre Fahrräder an einen maroden Holzzaun und schlossen sie ab. Marie hängte sich ihre Badetasche über die Schulter, Kim nahm den Picknickkorb vom Gepäckträger und Franzi griff nach ihrem Rucksack. Über einen schmalen Pfad gelangten sie zum See.
Kim stöhnte. »Mann, ist das voll hier! Da hätten wir ja genauso gut ins Waldschwimmbad gehen können.«
»Offenbar hatten nicht nur wir die Idee mit dem Baggersee.« Franzi zog zwei Gummibänder aus der Tasche ihrer Shorts und band sich ihre kurzen roten Haare zu Zöpfen.
»Ist doch egal«, sagte Marie. »Wir finden bestimmt noch ein Plätzchen.«
Auf dem schmalen Sandstreifen am Seeufer tummelten sich Familien, kreischende Teenager, verliebte Pärchen und ein paar ältere Jugendliche, die laut Musik hörten. Auch die an den

Strand angrenzende Wiese war voller Menschen. Überall lagen bunte Handtücher, die das Gras fast komplett verdeckten.

»Lasst uns ein Stück um den See herumgehen«, schlug Franzi vor. »Dahinten gibt es ein paar nette kleine Buchten zwischen den Bäumen.«

Kim und Marie folgten Franzi, die schon öfter mit ihrer Familie hier gewesen war. Als sie an den Jugendlichen vorbeikamen, die mit ihren tragbaren Boxen den ganzen Strand beschallten, kreischte ein Mädchen auf.

»He, sag mal, spinnst du?«, fuhr es Franzi an. »Latsch gefälligst nicht über mein Handtuch!«

»Sorry, war keine Absicht«, entschuldigte sich Franzi.

»Das wäre ja auch noch schöner!« Genervt zupfte das Mädchen sein Bikini-Oberteil zurecht. Es war etwas älter als die drei !!! und hatte pink gefärbte Haare, die an den Ansätzen dunkelblond nachwuchsen. »Pass auf, wo du hintrittst, klar?«

Franzi runzelte die Stirn. »Und du pass auf, was du sagst.«

Das Mädchen zog seine gepiercten Augenbrauen hoch. »Hört euch das an!«, rief es seinen Freunden zu. »Die Kleine wird frech.«

»Dann bring ihr doch Manieren bei, Marla!« Ein Junge mit dunklen Locken grinste spöttisch. Seine Augen waren hinter einer Sonnenbrille verborgen. Er griff nach einer Colaflasche und trank einen großen Schluck.

»Das sind doch noch Kinder.« Ein Mädchen mit raspelkurzen schwarzen Haaren blinzelte träge in die Sonne. »Such lieber mal andere Musik aus, Sammi, ich kann diesen Song echt nicht mehr hören.«

»Lasst uns weitergehen«, sagte Kim leise. »Ich hab keine Lust auf Stress.«
»Und ich hab keine Lust, mich blöd anmachen zu lassen«, erklärte Franzi, ohne die Stimme zu senken. »Die dumme Kuh hat sie doch nicht mehr alle!«
»Wie hast du mich gerade genannt?« Marla sprang auf.
»DUMME KUH«, wiederholte Franzi laut und deutlich. »Und das ist noch das Netteste, was mir zu dir einfällt.«
»Nimm das sofort zurück, sonst …«
»Sonst was?« Marie stellte sich neben Franzi und sah Marla ruhig an.
Kim war zwar etwas blass um die Nase, postierte sich aber tapfer auf Franzis anderer Seite.
»Zwergenaufstand, oder was?« Sammi lachte. Er tippte auf seinem Smartphone herum und die Musik verstummte.
In der plötzlichen Stille kamen Marie alle anderen Geräusche doppelt so laut vor: das Kreischen der Kinder, die im flachen Wasser planschten, die Stimme einer Mutter, die nach ihrer Tochter rief, und das Bellen eines Hundes, der im nahen Gebüsch ein Entenpärchen aufgestöbert hatte, das laut quakend die Flucht ergriff.
Marla starrte Franzi aus zusammengekniffenen Augen an und Franzi starrte mindestens genauso düster zurück. Keine von beiden senkte den Blick. Die Szene erinnerte Marie an einen alten Western, in dem sich der Gute und der Böse kurz vor dem entscheidenden Duell gegenüberstehen. Die Frage war nur, wer hier zuerst den Colt ziehen würde …
Ein neuer Song dröhnte aus der Lautsprecher-Box. Das Mädchen mit den kurzen schwarzen Haaren sprang auf und be-

gann, sich zur Musik zu bewegen. Es reckte die Arme in die Luft und ließ die Hüften kreisen. Sammi und zwei andere Jungs pfiffen und johlten, aber das Mädchen ließ sich davon nicht stören. »Komm, lass uns tanzen!« Es griff nach Marlas Hand und zog sie zu sich.

Der Blickkontakt zwischen Franzi und Marla brach ab und die bedrohliche Stimmung löste sich auf. Marla legte ihrer Freundin beide Hände auf die Hüften und schob sie im Rhythmus der Musik über den Sand. Franzi schien sie völlig vergessen zu haben.

Marie grinste. »Tanzen kann sie, das muss man ihr lassen.«

»Und wenn schon.« Franzi wandte sich ab. »Kommt, wir gehen. Von den Idioten lasse ich mir bestimmt nicht den Tag verderben.«

Die drei !!! ließen den Strand hinter sich und liefen ein Stück um den See herum. Die Musik wurde leiser. Ein leichter Wind kam auf und raschelte in den Büschen und Bäumen, die das Seeufer auf dieser Seite vor Blicken abschirmten.

»Ich kann's kaum erwarten, endlich ins Wasser zu springen.« Marie zeigte auf einen Pfad, der zwischen dichten Sträuchern zum See führte. »Sollen wir es hier mal probieren?«

Franzi nickte. »Vielleicht haben wir ja Glück und finden eine Bucht ganz für uns allein.«

Kim umfasste den Griff des Picknickkorbes fester. »Nach dem Baden gibt's was zu futtern. Wehe, ihr haut nicht ordentlich rein. Ich hab keine Lust, den schweren Korb wieder zurückzuschleppen.«

Marie lachte. »Keine Sorge, das kriegen wir hin.«

Der Weg war so schmal, dass sie hintereinanderlaufen mussten und die Zweige der Büsche ihre Beine streiften. Nach wenigen Metern gelangten sie in eine kleine Bucht, die zum Wasser hin leicht abfiel.

»Was ist denn das?« Marie blieb wie angewurzelt stehen.

Kim schlug sich die Hand vor den Mund. »Verdammt!«

»Ist er … tot?«, fragte Franzi heiser.

Marie starrte auf den Körper, der nur ein paar Schritte entfernt auf dem sandigen Boden lag. Ohne es zu wollen, registrierte sie jedes Detail: männlich, etwa 19 oder 20 Jahre alt, dunkelblonde, halblange Haare. Der Junge trug Jeans und ein weißes T-Shirt, seine Füße waren nackt. Er lag auf dem Rücken, die Augen geschlossen, die Arme ausgebreitet und die Beine leicht angewinkelt. Fast so, als würde er schlafen. Nur sein extrem blasses, beinahe porzellanweißes Gesicht wies darauf hin, dass er nicht bei Bewusstsein war.

Franzi erwachte als Erste aus ihrer Schockstarre. »Mist, er blutet!« Sie stürzte zu dem Jungen und betastete vorsichtig seinen Hinterkopf. Als sie die Hand zurückzog, war Blut an ihren Fingern.

»Ich glaub, mir wird schlecht.« Kim wandte sich ab.

Die Gedanken rasten durch Maries Kopf. Sie versuchte, sich an den Erste-Hilfe-Kurs zu erinnern, den sie letztes Jahr in der Schule gemacht hatte. Was sollte man noch mal tun, wenn jemand ohnmächtig geworden war? Herzdruckmassage? Atemspende? Nein, erst mal stabile Seitenlage!

»Hallo? Kannst du mich hören?« Franzi presste ein Taschentuch auf die Wunde, während sie mit der anderen Hand nach der Schulter des Jungen griff und sie leicht drückte. Keine Reaktion.

»Atmet er?« Marie kniete sich neben den Verletzten und hielt ihr Ohr an dessen Mund und Nase. Zu hören war nichts, aber sie spürte einen Luftzug an ihrer Wange. Ganz leicht nur. »Er lebt!«

»Ich rufe einen Krankenwagen.« Kim zog ihr Handy aus der Tasche und wählte den Notruf.

Marie und Franzi brachten den Jungen vorsichtig in die stabile Seitenlage.

»Mehr können wir im Moment nicht tun«, sagte Franzi, nachdem sie den Kopf des Verletzten ein wenig nach hinten geneigt hatte, um die Atemwege frei zu machen.

»Sollten wir nicht vorsichtshalber einen Druckverband anlegen?«, überlegte Marie.

Franzi schüttelte den Kopf. »Die Wunde blutet kaum noch. Am besten, wir lassen sie in Ruhe.«

»Der Krankenwagen ist unterwegs.« Kim steckte das Handy ein. »Ich laufe zum Parkplatz und zeige den Sanitätern den Weg.«

Marie und Franzi blieben bei dem Verletzten, während Kim zwischen den Büschen verschwand. Marie deckte den Jungen mit ihrem Badehandtuch zu und kontrollierte immer wieder seine Atmung. Als in der Ferne die Sirene des Krankenwagens ertönte, schlug er plötzlich die Augen auf. Sie waren eisblau wie der Winterhimmel an einem besonders kalten Tag.

»Wie heißt du?«, fragte Marie.

Der Unbekannte starrte sie verständnislos an. Sein eisblauer Blick ließ sie trotz der Wärme frösteln.

»Mozart war ein Genie«, sagte er. »Genau wie ich.«

»Wie bitte?« Franzi runzelte die Stirn.

Die Augenlider des Jungen senkten sich wieder und er wimmerte leise.
»Ganz ruhig.« Marie legte ihre Hand auf seinen Arm. »Gleich kommt Hilfe.«
»Hier entlang!« Kim tauchte zwischen den Büschen auf. Ein Notarzt und zwei Sanitäter mit einer Trage folgten ihr.
Der Arzt kniete sich neben den Verletzten und untersuchte ihn. »Was ist passiert?«
»Das wissen wir nicht.« Marie erhob sich. »Als wir den Jungen gefunden haben, war er ohnmächtig.«
»Er hat eine Kopfwunde«, ergänzte Franzi. »Seine Atmung ist normal und gerade war er kurz bei Bewusstsein.«
»Wir nehmen ihn mit ins Krankenhaus.« Der Arzt gab den Sanitätern einen Wink. Sie stellten die Trage neben dem Jungen ab und hoben ihn vorsichtig darauf.
»Ist er schwer verletzt?«, fragte Kim besorgt.
»Das kann ich noch nicht mit Sicherheit sagen.« Der Arzt stand auf. »Macht euch keine Sorgen, im Krankenhaus ist er in guten Händen.«
Die Sanitäter schnallten den Jungen fest und trugen ihn fort. Der Arzt folgte ihnen. Etwas später waren zuschlagende Türen und Motorengeräusche zu hören. Die Sirene jaulte auf und wurde allmählich leiser, als der Krankenwagen davonfuhr.
»Der Arme.« Kim war immer noch ziemlich blass. »Hoffentlich geht es ihm bald wieder besser.«
»Ja, das hoffe ich auch.« Marie griff nach dem Handtuch, das zusammengeknüllt auf dem Boden lag, und stopfte es in ihre Badetasche. Ihre Hände zitterten leicht. Erst jetzt wurde ihr richtig bewusst, was gerade geschehen war. Es war, als würde

sich ein Schleier über die strahlende Maisonne legen. Maries unbeschwerte Feiertagslaune war dahin. Um sich abzulenken, schaltete sie in den Detektivmodus. »Ob der Junge schon lange hier gelegen hat? Woher hatte er die Kopfwunde?«

»Vielleicht ist er gestürzt«, meinte Franzi.

»Einfach so?« Marie sah sich um. Der sandige Boden der Bucht fiel zum Wasser hin leicht ab. Es gab weder Löcher noch herumliegende Zweige oder andere Stolperfallen.

»Du meinst …«, begann Kim.

Marie nickte. »Er könnte Opfer eines Verbrechens geworden sein. Vielleicht wurde er niedergeschlagen.«

»Aber warum?«, fragte Kim.

»Genau das sollten wir herausfinden.« Marie fröstelte trotz der Wärme. »Ich hab sowieso keine Lust mehr auf Baden.«

»Ich auch nicht.« Franzi schulterte ihren Rucksack. »Sollen wir ins Krankenhaus fahren? Ich will wissen, wie es dem Jungen geht.«

»Gute Idee!«, sagte Kim. »Vielleicht ist er ja schon wieder fit genug, um uns selbst zu erzählen, was passiert ist. Auf die Räder, Mädels!«

Der Junge ohne Namen

»Na endlich!«, stöhnte Kim, als das Krankenhaus in Sicht kam. »Ich spüre meinen Hintern kaum noch und meine Beine tun total weh. Das gibt bestimmt einen ordentlichen Muskelkater.«

»Stell dich nicht so an«, sagte Franzi ungerührt. »Du wirst es überleben.«

Kim streckte ihr die Zunge raus und murmelte etwas, das wie »Sport ist Mord« klang.

Marie grinste. In ihrer Abneigung gegen sportliche Betätigungen war Kim absolut konsequent, selbst wenn es nur um eine kleine Radtour zum anderen Ende der Stadt ging.

Die Detektivinnen betraten das Krankenhaus durch eine große Glastür, die sich geräuschlos hinter ihnen schloss.

»Am besten, wir fragen einfach beim Empfang nach.« Marie schob sich ihre Sonnenbrille ins Haar und steuerte den schneeweißen Tresen an, hinter dem eine Krankenschwester saß und etwas in einen Computer tippte.

Die Frau blickte auf. »Ja, bitte?«

»Guten Tag«, sagte Marie. »Wir möchten jemanden besuchen und wüssten gern, in welchem Zimmer er liegt.«

»Wie ist denn der Name?«, fragte die Krankenschwester.

»Äh, das wissen wir nicht«, antwortete Marie.

»Ohne Namen kann ich euch leider nicht weiterhelfen.«

»Er muss vorhin mit dem Krankenwagen eingeliefert worden sein«, erklärte Franzi. »Er hat eine Kopfwunde und war ohnmächtig. Wir haben ihn am See gefunden.«

»Tut mir leid, dazu darf ich keine Auskunft geben.« Die Krankenschwester wandte sich wieder ihrem Computer zu. Marie biss sich frustriert auf die Unterlippe. So was Blödes! Ohne Zimmernummer hatten sie keine Chance, den Jungen in dem riesigen Gebäude zu finden.

»Was machen wir jetzt?«, zischte Franzi.

Kim zuckte ratlos mit den Schultern.

In diesem Moment gab der Pieper der Krankenschwester einen schrillen Alarmton von sich. Sie sprang auf, eilte den Gang hinunter und verschwand hinter einer Tür.

Kims Gesicht hellte sich auf. »Das ist unsere Chance!« Sie sauste hinter den Tresen und tippte auf der Tastatur herum. »Mist, der Computer ist passwortgeschützt! Hätte ich mir eigentlich denken können …«

»Beeil dich!« Marie sah sich nervös um. Noch waren sie allein in der Eingangshalle, aber aus einem angrenzenden Flur näherten sich Schritte.

»Hey, was ist das?« Kim zog eine Mappe zu sich heran, die aufgeschlagen neben dem Computer lag. »Hier ist eine Liste mit den Neuzugängen! Der letzte Patient wurde um 12.03 Uhr eingeliefert. Mit einer Kopfverletzung!«

»Das muss er sein.« Franzi rieb sich zufrieden die Hände.

»Er liegt auf Station 4, Zimmer 401.« Kim kam wieder hinter dem Tresen hervor.

Gerade noch rechtzeitig, denn im nächsten Moment bogen zwei Ärztinnen um die Ecke, die sich angeregt unterhielten.

»Das war knapp.« Marie klopfte Kim auf die Schulter. »Gute Arbeit!«

»Danke.« Kim grinste.

Sie fuhren mit dem Fahrstuhl in den vierten Stock und betraten die Station. Ein Krankenpfleger schob einen Essenswagen mit schmutzigem Geschirr an den drei !!! vorbei, ohne sie weiter zu beachten. Zimmer 401 lag ganz am Ende des Ganges. Marie klopfte und öffnete die Tür. Es war ein Doppelzimmer, aber nur das Bett am Fenster war belegt. Sie erkannte den Jungen vom See sofort wieder. Er trug einen Kopfverband und sein Gesicht auf dem weißen Kissen wirkte sehr blass. Er schien zu schlafen, doch als die drei !!! das Zimmer betraten, öffnete er die Augen.

»Hallo.« Marie stellte sich neben das Bett. Der Blick aus den eisblauen Augen des Jungen verwirrte sie und plötzlich wusste sie nicht mehr, was sie sagen wollte.

»Ich bin Franzi und das sind Kim und Marie«, sprang Franzi ein. »Wir haben dich am See gefunden und den Krankenwagen gerufen. Wie geht es dir?«

»Ganz okay.« Der Blick des Jungen wanderte unruhig zwischen den Detektivinnen hin und her. »Hab noch ein bisschen Kopfschmerzen, aber das geht vorbei, sagen die Ärzte.«

»Was ist am See passiert?«, fragte Kim. »Hat dich jemand angegriffen?«

»Ich weiß nicht.« Die Augen des Jungen flackerten nervös.

»Warum warst du am See?«, hakte Marie nach. »Wolltest du dich mit jemandem treffen?«

»Keine Ahnung.«

Kim zückte ihr Detektivtagebuch für unterwegs, ein abgegriffenes Heft mit Eselsohren, das sie immer bei sich trug. »Sollen wir irgendwen für dich anrufen? Deine Eltern? Wenn du uns sagst, wie du heißt, können wir das gerne für dich erledigen.«

»Ich … ich weiß meinen Namen nicht. Genauso wenig wie den meiner Eltern. Ich weiß nicht mal, ob ich überhaupt eine Familie habe.«
»Wie meinst du das?«, fragte Marie vorsichtig.
»Ich kann mich an nichts erinnern. An gar nichts, versteht ihr?« Der Junge verzog das Gesicht, als hätte er Schmerzen. »Ich weiß weder, wie ich heiße, noch, wo ich wohne. Ich hab keine Ahnung, woher das Loch in meinem Kopf kommt und was am See passiert ist.«
Die drei !!! wechselten einen schockierten Blick.
»Das … das ist ja schrecklich!«, stammelte Kim.
»Aber dein Gedächtnis kommt doch irgendwann zurück, oder?«, fragte Marie.
»Das können die Ärzte noch nicht sagen.« Der Junge sah aus, als würde er jeden Moment in Tränen ausbrechen. Er versuchte zu lächeln, was jedoch gründlich misslang. »Ihr seid momentan die einzigen Menschen auf der Welt, die ich kenne.«
»Keine Sorge, du kannst auf uns zählen.« Marie zückte eine Visitenkarte des Clubs. »Wir sind übrigens Detektivinnen.« Sie reichte dem Jungen die Karte.

»Cool, danke!« Sein Gesicht hellte sich auf.
»Wir haben schon über siebzig Fälle gelöst«, erklärte Kim. »Wenn du willst, versuchen wir zu ermitteln, was am See passiert ist.«
»Könnt ihr auch herausfinden, wer ich bin?«, wollte der Junge wissen.
»Wir tun unser Bestes«, versprach Franzi.
Es klopfte kurz und die Tür ging auf. Eine junge Ärztin kam ins Zimmer.
»Nanu, Besuch?« Sie warf den drei !!! einen misstrauischen Blick zu. »Wer seid ihr?«
Marie stellte sich und ihre Freundinnen vor.
»Die drei haben mich am See entdeckt und Erste Hilfe geleistet«, erklärte der Junge.
»Ach, so ist das.« Das Gesicht der Ärztin wurde sofort freundlicher. »Ich bin Doktor Meinardus. Wo genau habt ihr den Patienten gefunden?«
Franzi berichtete kurz, was geschehen war.
»Dann kanntet ihr euch vor dem Unfall also gar nicht?«, fragte Doktor Meinardus. »Ihr seid nicht befreundet?«
»Leider nein«, sagte Marie bedauernd. »Wir können nichts zur Identität des Jungen sagen.«
»Ihr wisst, dass er sein Gedächtnis verloren hat?«, erkundigte sich die Ärztin.
»Ich hab's ihnen erzählt«, sagte der Junge.
»Was bedeutet das denn genau?«, fragte Marie. »Und wie lange dauert es, bis die Erinnerungen zurückkommen?«
»Das ist schwer zu sagen«, antwortete die Ärztin vorsichtig. »Die Amnesie wurde vermutlich durch die Kopfverletzung

ausgelöst. So etwas passiert. Meistens kehrt das Gedächtnis irgendwann zurück, aber ganz sicher ist das nicht.« Sie wandte sich an den Patienten. »Du hast Glück gehabt, dass du mit einer relativ leichten Gehirnerschütterung davongekommen bist. Das hätte auch anders ausgehen können.«

»Was könnte die Verletzung verursacht haben?«, fragte Kim. »War es ein Schlag auf den Kopf? Oder ein Sturz?«

Die Ärztin überlegte. »Es könnte beides gewesen sein. Ich werde auf jeden Fall die Polizei einschalten.« Sie sah den Jungen an. »Solange deine Identität nicht geklärt ist, bleibst du erst mal hier.«

»Hattest du nichts in den Taschen?«, fragte Marie. »Ein Handy? Portemonnaie oder Ausweis?«

Der Junge schüttelte den Kopf. »Nein.«

Er schien dem Gespräch nicht länger folgen zu können oder zu wollen. Stattdessen sah er aus dem Fenster und summte leise eine Melodie, die Marie irgendwie bekannt vorkam. Auf die Schnelle fiel ihr allerdings nicht ein, wo sie sie schon mal gehört hatte.

»Ihr solltet jetzt gehen«, sagte die Ärztin. »Der Patient braucht noch viel Ruhe.«

Der Junge hörte auf zu summen und wandte den Kopf. »Ihr kommt doch wieder, oder?«

»Natürlich«, versicherte Marie.

»Ruh dich aus«, sagte Kim. »Wir kümmern uns um alles Weitere.«

»Das ist gut.« Erschöpft schloss der Junge die Augen und die drei !!! verließen leise das Zimmer.

Zahllose Zeugen

Als die Detektivinnen aus dem Krankenhaus kamen, war es bereits früher Nachmittag. Die Sonne strahlte immer noch von einem wolkenlosen Himmel und Marie dachte kurz daran, wie sie noch vor wenigen Stunden völlig ahnungslos zum See geradelt waren, um sich einen schönen Tag zu machen. Stattdessen steckten sie jetzt mitten in einem neuen Fall, der mindestens so mysteriös wie tragisch war.

»Leute, ich muss unbedingt was essen.« Kim stellte den schweren Picknickkorb, den sie die ganze Zeit mit sich herumgeschleppt hatte, auf eine Bank vor dem Krankenhaus. »Mit leerem Magen kann ich nicht klar denken. Was haltet ihr von einem improvisierten Picknick?«

»Prima!« Franzi ließ sich neben dem Korb auf die Bank fallen. »Dabei können wir gleich eine Lagebesprechung abhalten und die nächsten Schritte planen.«

Marie stellte erstaunt fest, dass ihr Magen knurrte. Vor lauter Aufregung hatte sie das Hungergefühl in den letzten Stunden komplett verdrängt. Sie setzte sich ebenfalls auf die Bank und streckte die Beine aus. »Puh, dieser Fall ist echt heftig.« Sie musste an den Jungen denken, an sein porzellanweißes Gesicht auf dem Kissen, seine eisblauen Augen und die Verzweiflung in seiner Stimme.

»Allerdings.« Kim öffnete den Korb und reichte in Butterbrotpapier eingewickelte Sandwiches herum. »Es muss schrecklich sein, nicht zu wissen, wer man ist.«

»Stell dir vor, du könntest dich an nichts erinnern!« Marie

griff nach einem Sandwich. »Du weißt nicht, wie du heißt, wo du wohnst, wer deine Eltern sind, ob du Geschwister hast, wie deine Freunde aussehen …« Nachdenklich wickelte sie ihr Brot aus. Es war mit Käse, Gurkenscheiben und einem Salatblatt belegt. »Du weißt nicht mal, ob du Emmentaler magst.«
»Ein Albtraum!« Kim biss in ihr Sandwich und nuschelte: »Wir müssen ihm unbedingt helfen.«
»Aber wie?«, fragte Franzi.
»Indem wir herausfinden, was am See passiert ist«, sagte Marie. »Wenn er tatsächlich niedergeschlagen wurde, läuft der Täter irgendwo frei herum.«
»Was, wenn es ein Raubüberfall war?«, überlegte Franzi.
Kim nickte. »Könnte sein. Das würde zumindest erklären, warum er weder Handy noch Portemonnaie bei sich hatte.« Sie zog eine Wasserflasche aus dem Korb, schraubte sie auf und nahm einen großen Schluck.
»Eins ist sicher«, sagte Marie. »Für diesen Fall brauchen wir jede Menge Energie.« Sie streckte den Arm aus.
Franzi und Kim folgten ihrem Beispiel und alle drei legten die Hände übereinander.
»Die drei !!!«, sagten die Detektivinnen im Chor.
Marie sagte: »Eins«, Franzi »Zwei« und Kim »Drei«.
Dann warfen sie gleichzeitig die Arme in die Luft und riefen: »Power!!!«
Marie spürte, wie ihre Müdigkeit verschwand und neue Energie durch ihren Körper strömte. Das Ritual hatte sich wieder einmal bewährt.
»Am besten, wir fahren gleich noch mal zum See«, schlug Franzi vor.

Marie nickte. »Vielleicht hat jemand was gesehen oder gehört. Außerdem müssen wir am Tatort nach Spuren suchen.«
»Sollten wir das nicht der Polizei überlassen?«, wandte Kim ein. »Kommissar Peters wird nicht begeistert sein, wenn wir ihm schon wieder ins Handwerk pfuschen.« Sie steckte sich den letzten Bissen ihres Sandwiches in den Mund.
»Daran müsste er eigentlich inzwischen gewöhnt sein.«
Marie grinste. »Genauso wie an die Tatsache, dass wir ihm immer eine Nasenlänge voraus sind.«
Der Kommissar war ein guter Freund der Detektivinnen und in Notfällen konnten sie sich stets auf ihn verlassen. Leider neigte er dazu, ihre Fähigkeiten zu unterschätzen und sie wie kleine Kinder zu behandeln, was die drei !!! jedes Mal maßlos ärgerte.
»Okay, überredet.« Kim zog eine Packung Schokokekse aus dem Korb. »Aber bevor wir weiterermitteln, brauche ich unbedingt noch etwas Nervennahrung. Nachtisch gefällig?«
Marie streckte die Hand aus. »Immer her damit! Der Korb soll schließlich leer werden, oder?«

Zehn Minuten später hatten die Detektivinnen ihr Picknick bis auf den letzten Krümel aufgefuttert. Sie holten ihre Fahrräder und Marie schwang sich in den Sattel.
»Können wir nicht den Bus nehmen?«, stöhnte Kim, während sie den Korb auf den Gepäckträger klemmte. »Ich hab jetzt schon Muskelkater ...«
»Dagegen hilft nur Bewegung«, behauptete Franzi.
»Du schaffst das«, motivierte Marie ihre Freundin. »So weit ist es doch gar nicht.«

»Definiere *weit*«, murmelte Kim, während sie missmutig auf ihr Rad stieg und in die Pedale trat.
Im Gegensatz zu Kim genoss Marie die Radtour bei dem schönen Wetter. Als sie die Stadt hinter sich ließen, duftete es nach frisch gemähtem Gras und Wiesenblumen. Doch sobald der See in Sicht kam, begann es in Maries Bauch zu kribbeln. Würden sie Zeugen finden, die mitbekommen hatten, was in der Bucht geschehen war? Hoffentlich gab es ein paar Badegäste, die vormittags auch schon hier gewesen waren.
»Wie gehen wir vor?«, fragte Franzi, nachdem sie ihre Fahrräder abgestellt hatten und über den schmalen Pfad zum See gingen.
»Am besten, wir teilen uns auf«, schlug Kim vor. »Dann geht es schneller.«
Inzwischen war am See sogar noch mehr los als am Vormittag. Der Strand und die Wiese waren voller Badegäste und im seichten Wasser planschten sowohl Kinder als auch Erwachsene. Irgendwo grillte jemand. Es roch noch Holzfeuer und Bratwürstchen.
»Ich gehe dort rüber.« Marie zeigte auf die rechte Seite der Wiese. Franzi übernahm die linke Hälfte und Kim den Strand. Marie seufzte. Bei den vielen Menschen würde es eine halbe Ewigkeit dauern, bis sie alle befragt hatten. Egal, es musste sein. Das Bild des verzweifelten Jungen im Krankenhauszimmer trieb Marie an und sie ging beherzt auf eine Familie mit zwei kleinen Kindern zu.
»Entschuldigen Sie bitte, waren Sie heute Vormittag so gegen elf Uhr auch schon hier?«
»Nein, wir sind gerade erst gekommen«, antwortete die Frau,

während sie eine Tüte mit Salzbrezeln öffnete und ihrer quengelnden Tochter hinhielt. »Warum?«

»Hat sich schon erledigt.« Marie nickte der Frau zu. »Viel Spaß noch!«

Bei einem jungen Paar, das neben der Familie in der Sonne lag, hatte Marie mehr Glück.

»Wir sind seit zehn Uhr hier.« Der Mann schob sich die Sonnenbrille auf den fast kahlen Kopf. »Was gibt es denn?«

»Heute Vormittag gegen elf wurde ein junger Mann dort drüben am Kopf verletzt.« Marie zeigte in Richtung der Bucht. »Haben Sie etwas davon mitbekommen? Es könnte einen Streit gegeben haben. Vielleicht war es auch ein Überfall und der Täter ist geflüchtet.«

»Nein, wir haben nichts Ungewöhnliches bemerkt.« Die Frau, die bereits einen Sonnenbrand auf den Schultern hatte, schüttelte den Kopf. »Aber dahinten waren ein paar Kids, die haben ziemlichen Lärm gemacht.« Sie nickte zu der Stelle, an der die Clique gelegen hatte. Marie erinnerte sich an Franzis Wortwechsel mit dem älteren Mädchen. Besonders sympathisch waren die Jugendlichen nicht gewesen, aber das machte sie natürlich nicht gleich zu Verdächtigen.

»Stimmt, die haben sogar ein Lagerfeuer angezündet«, berichtete der Mann verärgert. »Dabei ist das hier am See verboten.«

»Okay, vielen Dank.« Marie ging weiter.

In der nächsten Stunde fand sie nichts Neues heraus. Entweder die Leute waren vormittags noch nicht da gewesen oder sie hatten nichts gesehen. Mehreren war allerdings die Clique negativ aufgefallen. Offenbar hatten sich die Jugendlichen nicht nur Franzi gegenüber ziemlich aggressiv verhalten, sondern waren auch mit anderen Badegästen aneinandergeraten. Doch von einem Streit oder einem Überfall hatte niemand etwas mitbekommen.

Ziemlich frustriert traf Marie schließlich wieder mit Kim und Franzi zusammen. Sie zogen sich in den Schatten einer kleinen Holzbude zurück, an der Eis und Getränke verkauft wurden.

»Ist euch auch so heiß?«, stöhnte Kim und fächelte sich mit der Hand Luft zu.

»Ich hol uns was zu trinken.« Franzi stellte sich in die Schlange vor dem Kiosk und kam kurze Zeit später mit einer großen Flasche Apfelschorle zurück.

»Habt ihr was herausgefunden?«, fragte Marie, nachdem die Flasche einmal die Runde gemacht hatte.

»Nicht viel.« Franzi zuckte mit den Schultern. »Niemandem ist der Junge aufgefallen. Dafür haben mehrere Badegäste die Clique erwähnt. Die müssen hier ziemlich laut Party gemacht haben. Als ein Mann sie gebeten hat, die Musik leiser zu stellen, hat er nur einen dummen Spruch kassiert.«

»Idioten!« Kim schüttelte den Kopf.

»Schade, dass sie nicht mehr da sind.« Franzi sah zu der Stelle am Strand, wo nur noch die qualmenden Reste eines Lagerfeuers und ein paar leere Flaschen von der Anwesenheit der Clique zeugten. »Die hätte ich mir gern mal vorgeknöpft.«

»Das eine Mädchen kam mir irgendwie bekannt vor.« Kim runzelte nachdenklich die Stirn. »Die mit den gefärbten Haaren. Kann es sein, dass sie manchmal im Jugendzentrum ist?«

»Stimmt!« Franzi nickte. »Ich hab mich die ganze Zeit gefragt, wo ich sie schon mal gesehen habe.«

»Prima, dann haben wir immerhin einen Anhaltspunkt«, sagte Marie.
»Ich hab noch was Interessantes gehört«, berichtete Kim. »Einem Mann, den ich befragt habe, wurde heute am See sein Handy geklaut.«
»Echt?« Marie zog die Augenbrauen hoch.
»Wie ist das denn passiert?«, wollte Franzi wissen.
»Er hat seine Sachen kurz unbeaufsichtigt gelassen, während er sich am Kiosk ein Eis geholt hat. Seine Freundin war im Wasser. Als er zurückkam, war das Handy weg.«
»Wie ärgerlich«, stellte Marie fest.
»Aber das ist noch nicht alles«, fuhr Kim fort. »Eine andere Frau hat mir erzählt, dass ihrer Freundin letzte Woche beim Baden das Portemonnaie gestohlen wurde. Sie meinte, hier würden seit einer Weile Taschendiebe umgehen, die die Badegäste systematisch beklauen.«
»Eine Diebesbande?«, fragte Marie.
»Warum nicht?« Kim blickte von Marie zu Franzi. »Das wäre möglich, oder?«
»Aber was hat der Junge ohne Gedächtnis damit zu tun?« Franzi kratzte sich ratlos an der Nase.
»Vielleicht wurde er auch beklaut und hat den Täter auf frischer Tat ertappt«, überlegte Kim.
Marie spann den Gedanken weiter. »Der Junge geht schwimmen und erwischt den Dieb, als er aus dem Wasser kommt. Die beiden kämpfen miteinander, der Dieb zieht dem Jungen eins über den Kopf, der Junge geht zu Boden und der Dieb haut mit den Wertsachen ab.«
»Genau, so könnte es gewesen sein«, sagte Kim.

»Es könnte aber auch ganz anders gewesen sein.« Marie seufzte. »Wir brauchen Beweise!«
»Was, wenn die Jugendlichen dahinterstecken?«, fragte Franzi.
»Du meinst, die Clique beklaut die Badegäste?« Kim sah Franzi zweifelnd an. »Glaub ich nicht. Dann würden sie sich etwas unauffälliger benehmen.«
»Wieso?«, erwiderte Franzi. »Ist doch eine super Tarnung. Sie lenken die Leute ab, indem sie ordentlich Krawall machen. Und wenn jemand baden geht, schlagen sie blitzschnell zu.«
»Vielleicht haben sie auch Komplizen, die das Stehlen übernehmen«, meinte Marie. »Wir sollten die Clique auf jeden Fall finden und befragen.«
»Okay.« Kim fuhr sich durch ihre kurzen braunen Haare. »Aber erst suchen wir in der Bucht nach Spuren.«

Blut in der Bucht

»Ich soll euch übrigens von Blake grüßen«, fiel Franzi auf dem Weg zur Bucht ein. »Er hat mir vorhin eine Nachricht geschickt.

»Wie gefällt ihm der WCMX-Workshop?«, erkundigte sich Marie.

»Total super!«, erzählte Franzi. »Er ist völlig begeistert.«

Ihr Freund Blake saß nach einem Reitunfall im Rollstuhl. Er war sehr sportlich und begeisterte sich seit einiger Zeit für Chairskating, auch WCMX, Wheelchair Motocross, genannt. Das Skaten im Rollstuhl machte ihm unheimlich viel Spaß und er trainierte in jeder freien Minute.

»Wann kommt er zurück?«, fragte Kim.

»Heute Abend.« Franzi seufzte versonnen. »Ich freu mich schon total darauf, ihn wiederzusehen.«

»Kann ich verstehen.« Marie lächelte. Sie und ihr Freund Holger hatten mal eine längere Fernbeziehung gehabt, was nicht immer leicht gewesen war. Inzwischen war Holger mit seiner Familie zum Glück ganz in die Nähe gezogen, sodass sie sich jederzeit treffen konnten.

»Hoffentlich ist uns Kommissar Peters nicht zuvorgekommen«, sagte Kim, als sie in den schmalen Pfad einbogen, der zum See führte. »Die Ärztin hat bestimmt schon die Polizei informiert.«

Aber die Bucht lag so unberührt und verlassen da, als wäre sie durch die Ereignisse des Vormittags in eine Art Dornröschenschlaf versetzt worden.

»Glück gehabt«, stellte Marie fest.
»Achtung!«, warnte Kim. »Wir dürfen nicht aus Versehen irgendwelche Spuren zerstören.«
Vorsichtig umrundeten sie die Bucht. Marie ließ ihren Blick konzentriert über den Boden wandern, auf der Suche nach Fußabdrücken, Zigarettenkippen, Kaugummipapieren oder anderen Hinweisen auf einen möglichen Täter.
Kim blieb stehen und schaute sich um. »Seht ihr irgendwelche Kampfspuren?«
Franzi schüttelte den Kopf. »Nein, nichts.«
Marie war schon zum Wasser gegangen. »Hier liegt was!«
Unter einem Busch leuchtete etwas Rotes. Schnell streifte sie sich Plastikhandschuhe über, die sie immer bei sich trug, und zog das Fundstück hervor.
»Was ist das?«, fragte Franzi.
»Ein Handtuch!« Marie schüttelte es und eine feuchte Badehose fiel heraus. »Ob die Sachen dem Jungen gehören?«
»Vermutlich.« Franzi hob die Badehose auf.
»Das passt zu unserer Theorie«, sagte Kim. »Der Junge war hier, um zu baden. Nachdem er sich wieder angezogen hatte, muss irgendetwas passiert sein.«
»Jemand wollte ihn beklauen«, vermutete Marie.
»Oder er hat sich mit den Jugendlichen vom Strand angelegt«, sagte Franzi. »So wie ich. Vielleicht wollten sie ihm auch ›Manieren beibringen‹, sind ihm gefolgt und haben ihn niedergeschlagen.«
Kim nickte. »Umso wichtiger, dass wir die Clique finden und befragen.«
»He, was ist das?« Franzi ging zu der Stelle, an der sie den

Jungen gefunden hatten. Im Gras lag ein Feuerstein mit scharfen Kanten. Franzi streifte sich ebenfalls Plastikhandschuhe über und hob ihn auf. »Da klebt ja Blut dran!«
»Echt?« Marie schauderte unwillkürlich.
»Vielleicht ist das die Tatwaffe.« Kim zog eine kleine Plastiktüte aus der Hosentasche. »Wir müssen den Stein zur Polizei bringen. Kommissar Peters soll ihn im Labor untersuchen lassen. Dort können sie feststellen, ob es das Blut des Jungen ist. Mit etwas Glück finden sich auch Spuren des Täters auf dem Stein.«
Sie öffnete die Tüte und Franzi ließ den Stein hineinfallen.
Zwischen den Büschen raschelte es und Stimmen ertönten. Marie zuckte zusammen, entspannte sich aber gleich wieder, als eine Mutter mit drei Kindern in der Bucht erschien.
»Mist, hier ist auch schon besetzt!«, rief ein etwa achtjähriger Junge enttäuscht, als er die drei !!! entdeckte.
»Ich will aber nicht mehr weiterlaufen«, jammerte ein kleines Mädchen.
»Sie können gerne hierbleiben«, sagte Kim. »Wir wollten sowieso gerade gehen.«
»Wirklich? Das ist ja toll!«, freute sich die Frau, die mit einer großen Badetasche bepackt war und einen etwa zweijährigen Jungen an der Hand hielt, der versonnen an seinem Schnuller nuckelte.
Der Kleine erinnerte Marie an ihren Bruder Finn. Die beiden sahen sich sogar ein bisschen ähnlich.
»Viel Spaß«, wünschte Franzi.
Marie winkte dem Kleinen zu, bevor die Detektivinnen den Heimweg antraten.

Detektivtagebuch von Kim Jülich
Dienstag, 20:31 Uhr

Eigentlich wollten wir den 1. Mai ganz entspannt am See verbringen, aber stattdessen sind wir direkt in einen neuen Fall hineingestolpert.

Wir haben einen verletzten Jungen am Ufer gefunden und Erste Hilfe geleistet. Im Krankenhaus hat sich herausgestellt, dass er sein Gedächtnis verloren hat. Er kann sich an nichts mehr erinnern, nicht mal an seinen eigenen Namen! Ist das nicht schrecklich? So was hätte ich mir nicht mal in meinen kühnsten Krimi-Fantasien ausmalen können. Ich darf gar nicht daran denken, wie es wäre, alles zu vergessen: meine Eltern, die Zwillinge, Pablo, den Detektivclub, Franzi und Marie ... Ein Albtraum!

Wir wollen dem Jungen natürlich helfen und haben sofort angefangen zu ermitteln. Am See haben wir Zeugen befragt und den Tatort untersucht. Dabei hat Franzi einen Stein mit Blutspuren gefunden, den wir auf dem Heimweg im Polizeipräsidium abgegeben haben. Kommissar Peters hatte frei, deshalb haben wir den Stein dem Polizisten am Empfang in die Hand gedrückt. Der hat vielleicht Augen gemacht! Hoffentlich dauert die Laboruntersuchung nicht so lange. Ich bin gespannt, ob der Stein wirklich die Tatwaffe ist.

Als Nächstes wollen wir ein paar Jugendliche ausfindig machen, die heute am See waren und sich auffällig verhalten haben. Leider wissen wir nur, dass ein Junge Sammi und eins der Mädchen Marla heißt und öfter im Jugendzentrum ist. Aber besser eine Spur als keine! (Alte Detektiv-Weisheit ☺)

Geheimes Tagebuch von Kim Jülich
Dienstag, 21:22 Uhr

Warnung< Weiterlesen verboten! Das gilt auch für euch, Ben und Lukas, die nervigsten Zwillingsbrüder des Universums! Mein Gedächtnis ist glücklicherweise völlig intakt, und wenn ihr in meinen privaten Aufzeichnungen schnüffelt, werde ich das NIE vergessen. Auch in 101 Jahren nicht! Wollt ihr dieses Risiko wirklich eingehen?

Ich bin soooo glücklich! David ist einfach mein absoluter Traumjunge. Manchmal kann ich es immer noch nicht glauben, dass wir tatsächlich zusammen sind. Dabei war es nicht mal Liebe auf den ersten Blick. Eher auf den zweiten oder dritten ☺. Unvorstellbar, dass ich David erst total langweilig fand, als ich ihn im Reportage-Workshop kennengelernt habe. Dabei ist er so interessant und vielseitig! Er schreibt total coole Fantasy-Geschichten und kennt sich mit Science-Fiction und Fantasy super aus. Das hängt er aber nicht an die große Glocke, dafür ist er viel zu bescheiden. Er ist eher schüchtern und zurückhaltend, so wie ich! Außerdem hat er einen tollen Humor und bringt mich ständig zum Lachen.

Ich freu mich schon auf unser gemeinsames Schreibprojekt. Keine Ahnung, warum wir nicht schon eher darauf gekommen sind, uns zusammen eine Geschichte auszudenken. Eigentlich ist es total naheliegend. Wir haben schon eine Menge Ideen gesammelt. Logischerweise gehen meine Ideen eher in Richtung Krimi und Davids in Richtung Fantasy. Aber die beiden Genres könnte man ja auch verbinden. Ein fantastischer Krimi oder eine Fantasy-Geschichte mit Krimi-Elementen. Das wäre doch mal was anderes!

Eine Standpauke und ein Streit

Nach der Schule fuhr Marie direkt zum Jugendzentrum. Dort war sie mit Kim und Franzi verabredet, um die Clique vom See ausfindig zu machen.

Das Wetter war immer noch herrlich. Marie trug ihr neues Blümchen-Minikleid, zu dem sie robuste Schnürstiefel kombiniert hatte, die bei den sommerlichen Temperaturen eigentlich viel zu warm waren. Sie schaute im Vorbeifahren in eine Schaufensterscheibe und lächelte ihrem Spiegelbild zu.

Unterwegs standen alle Ampeln auf Rot, sodass sie etwas zu spät zum Treffpunkt kam. Kim und Franzi warteten bereits vor dem Jugendzentrum.

»Na endlich!« Franzi begrüßte Marie mit einem vorwurfsvollen Blick.

»Sorry, hatte rote Welle.« Marie nahm ihre Sonnenbrille ab und fuhr sich durch ihre vom Fahrtwind zerzausten Haare.

»Hallo, Marie. Kein Problem, wir sind auch noch nicht lange hier«, sagte Kim.

Die Detektivinnen betraten das Jugendzentrum. Es war noch früh, darum war nicht besonders viel los. Marie warf einen Blick in den Aufenthaltsraum, wo zwei Jungs Billard spielten. Die Sitzecke zwischen den Bücherregalen war leer.

Kim trat ans Schwarze Brett in der Eingangshalle. »Heute findet der Gitarrenkurs für Fortgeschrittene und ein Töpfer-Workshop statt. Außerdem hat das Jugendcafé geöffnet.«

»Diese Marla sah nicht so aus, als würde sie Gitarre spielen oder töpfern«, sagte Franzi.

»Lasst uns mal im Café nachfragen«, schlug Marie vor.

Das Jugendcafé fand zweimal wöchentlich statt und war ein beliebter Treffpunkt. Es gab Getränke und kleine Snacks zu Taschengeldpreisen und man konnte Gesellschaftsspiele spielen, tischkickern oder einfach nur abhängen und quatschen.

»Hallo«, begrüßte Marie den Betreuer hinter der Theke. »Ist ja ziemlich leer heute.«

Der Kicker, sonst immer von Jugendlichen umlagert, stand verwaist in der Ecke. In der Sofaecke saßen zwei Mädchen und machten Hausaufgaben, alle anderen Tische waren frei.

»Bei dem Wetter spielt sich das Leben eher draußen ab.« Der Betreuer spülte ein paar schmutzige Gläser. »Wollt ihr was trinken?«

»Nein, danke«, sagte Kim. »Wir haben nur eine Frage. War Marla heute schon hier?«

»Marla? Kenn ich nicht.«

»Sie ist etwas älter als wir, hat pinkfarbene Haare und kann super tanzen«, beschrieb Franzi das Mädchen.

»Ach die! Die war schon länger nicht mehr hier.« Der Betreuer überlegte. »Früher ist sie regelmäßig gekommen. Hat auch mal einen Hip-Hop-Workshop mitgemacht.«

»Und jetzt?«, fragte Marie.

»Taucht sie nur noch ab und zu auf, wenn Partys stattfinden oder wenn sonst irgendwas Besonderes los ist.«

»Sie hat eine Freundin mit kurzen, dunklen Haaren«, sagte Kim. »Weißt du, wie die heißt?«

»Meinst du Sue?« Der Betreuer griff nach einem Geschirrtuch und trocknete die Gläser ab. »Die beiden hängen ständig zusammen. Aber Sue lässt sich hier auch nicht mehr blicken.«

»Du kannst uns nicht zufällig sagen, wie Marla und Sue mit Nachnamen heißen oder wo sie wohnen?«, erkundigte sich Marie ohne große Hoffnung.

»Tut mir leid, da bin ich überfragt. Aber kommt doch zu der Party am Freitag, vielleicht tauchen die beiden ja auf.«

Die drei !!! bedankten sich und verließen das Café. Als sie die Eingangshalle durchquerten, klingelte Kims Handy.

»Hallo?« Kim blieb stehen und gab ihren Freundinnen ein Zeichen. »Moment, ich stelle auf laut, damit Franzi und Marie mithören können.« Sie drückte eine Taste und die Stimme des Kommissars drang aus dem Lautsprecher.

»Hallo, ihr drei! Wo steckt ihr?«

»Wir sind im Jugendzentrum«, antwortete Kim. »Haben Sie den Stein bekommen?«

»Ja, vielen Dank. Ich hab ihn schon ins Labor geschickt.«

»Wie lange dauert es, bis Sie die Untersuchungsergebnisse haben?«

»Das kann ich nicht genau sagen. Wir ermitteln gerade in alle Richtungen und versuchen, die Identität des verletzten Jungen zu klären.« Die Stimme des Kommissars nahm einen strengen Tonfall an. »Es wäre übrigens schön gewesen, ihr hättet euch direkt an mich gewandt, statt auf eigene Faust am Tatort nach Spuren zu suchen.«

»Wir wollten nur helfen«, sagte Franzi so unschuldig wie möglich. »Außerdem hatte die Klinik doch schon die Polizei informiert.«

»Soso.« Der Kommissar klang nicht wirklich überzeugt. »Ab jetzt haltet ihr euch bitte raus, okay? Keine Alleingänge mehr, habt ihr verstanden?«

»Wir sind ja nicht taub«, sagte Marie spitz.
»Lasst die Polizei ihre Arbeit machen. Ob ihr es glaubt oder nicht, dafür sind wir nämlich da.«
Marie verdrehte die Augen, was der Kommissar zum Glück nicht sehen konnte.
»Sagen Sie uns trotzdem Bescheid, wenn Sie die Laborergebnisse haben?«, fragte Franzi.
»Nein!«, blaffte der Kommissar. »Ihr wisst genau, dass ich keine internen Ermittlungsergebnisse weitergeben darf. Und noch etwas: Kommt bitte in den nächsten Tagen im Präsidium vorbei. Ich brauche eure Zeugenaussagen.«
»Alles klar, machen wir«, erwiderte Kim knapp und beendete das Gespräch.
»Warum behandelt uns Kommissar Peters immer wie blutige Anfänger?«, fragte Franzi ärgerlich. »Er weiß doch genau, dass wir schon viele Fälle gelöst haben.«
»Wahrscheinlich kann er nicht anders«, sagte Marie. »Erwachsene sind eben so.«
»Das ist ungerecht«, stellte Kim fest. »Wir bringen ihm ein erstklassiges Beweisstück und er hält uns eine Standpauke.«
»Als Zeuginnen sind wir gut genug, aber sonst sollen wir uns in den Fall nicht einmischen«, schimpfte Franzi. »So weit kommt's noch!«
»Heißt das, wir ermitteln weiter?«, fragte Kim.
Marie und Franzi nickten.
»Und ob!«, sagte Marie.
»Jetzt erst recht«, ergänzte Franzi.
»Dann sind wir uns ja mal wieder einig.« Kim grinste. »Sollen wir noch schnell beim Krankenhaus vorbeifahren?«

Marie warf einen Blick auf ihre Uhr. »Geht nicht, ich muss los. Ich hab Tessa versprochen, auf Finn aufzupassen.«

»Schon wieder?«, fragte Franzi.

»Ja. Seit wir kein Au-pair mehr haben, sind Tessa und Papa ganz schön im Stress. Besonders, wenn beide gleichzeitig arbeiten müssen.«

Herr Grevenbroich war ein bekannter Schauspieler und Maries Stiefmutter Tessa war Kamerafrau und betrieb ein Modelabel, für das sie T-Shirts aus Bio-Baumwolle entwarf. Außerdem gehörte Tessas zwölfjährige Tochter Lina zur Patchworkfamilie und natürlich Finn. Eigentlich machte es Marie nichts aus, auf ihren Bruder aufzupassen. Aber in letzter Zeit häuften sich ihre Einsätze als Babysitter, was sicher auch daran lag, dass Marie nur schwer Nein sagen konnte. Finn war süß und sie konnte ihm einfach nichts abschlagen.

»Ich hab auch noch was vor.« Franzis Gesicht nahm einen verklärten Ausdruck an.

»Triffst du dich mit Blake?«, fragte Kim.

Franzi lächelte. »Ja, er ist gestern erst so spät von seinem Workshop zurückgekommen, dass wir nur noch kurz telefoniert haben. Aber heute sehen wir uns endlich wieder!«

»Was für eine grausame Trennung.« Marie lachte. »Ihr habt euch ja mindestens eine Woche nicht gesehen, oder?«

»Acht Tage, um genau zu sein«, korrigierte Franzi etwas beleidigt. »Gefühlt ist das eine halbe Ewigkeit.«

»Dann verschieben wir den Krankenhausbesuch auf morgen«, beschloss Kim. »Viel Spaß euch beiden!«

Die Detektivinnen verabschiedeten sich voneinander und radelten in unterschiedliche Richtungen davon.

Als Marie auf den gekiesten Vorplatz der alten Villa einbog, drangen laute Stimmen aus dem Haus.
Seufzend stellte Marie ihr Fahrrad ab. Ihr Vater und Tessa stritten sich mal wieder. Das kam in letzter Zeit leider häufiger vor. Meistens ging es dabei um die Betreuung von Finn. Beide waren mit ihren Jobs im Stress und hatten oft sehr unregelmäßige Arbeitszeiten. Der Waldkindergarten, den Finn besuchte, endete jeden Nachmittag zur selben Zeit, was oft zu Engpässen führte.
Marie stieg die Treppe zur Haustür hinauf und betrat die großzügige Eingangshalle. Sie zog Stiefel und Strümpfe aus und reckte wohlig die Zehen. Die Fliesen fühlten sich angenehm kühl unter ihren nackten Fußsohlen an. Die Tür zur Küche war nur angelehnt und es war unmöglich, den heftigen Wortwechsel zu überhören.
»Immer soll ich zurückstecken!«, rief Tessa gerade. »Ist mein Job etwa weniger wichtig als deiner?«
»Natürlich nicht«, antwortete Helmut. »Aber du weißt doch selbst, was ein Drehtag kostet. Wenn ich nicht am Set erscheine, verliert die Produktionsfirma eine Menge Geld.«
»Dann sollen sie eben die Szenen vorziehen, in denen du nicht mitspielst«, sagte Tessa. »Ich kann jedenfalls am Freitag nicht zu Hause bleiben. Die Modenschau ist total wichtig für die neue Kollektion.«
Helmut wurde ungeduldig. »Der Nachtdreh ist auch wichtig. Das musst du doch verstehen!«
»Muss ich das? Ehrlich gesagt bin ich mit meinem Verständnis allmählich am Ende.«
Marie betrat die Küche. »Könnt ihr euch vielleicht etwas lei-

ser streiten?«, fragte sie statt einer Begrüßung. »Man hört euch bis auf die Straße.«
»Hallo, Prinzessin.« Helmut Grevenbroich fuhr sich mit beiden Händen durch seine leicht angegrauten Haare und lächelte etwas gequält. »Tut mir leid. Eigentlich streiten wir uns gar nicht. Wir diskutieren nur.«
»Ha, ha.« Marie ging zu Finn, der sich an Tessas Bein klammerte und an seinem Daumen lutschte. »Hallo, mein Süßer!« Sie nahm ihn auf den Arm.
»Marie ist wieder da!«, jubelte Finn und schmiegte sich an seine große Schwester.
»Ihr macht dem Kleinen ja Angst mit eurem Geschrei«, sagte Marie vorwurfsvoll.
Tessa seufzte. »Vielleicht reden wir besser später weiter, oder was meinst du, Helmut?«
Herr Grevenbroich nickte. »Ich muss sowieso gleich los.«
»Ich auch.« Tessa griff nach ihrer Handtasche, die auf der Anrichte lag. »Für die Modenschau gibt es noch eine Menge vorzubereiten.«
»Wo findet die Schau denn statt?«, fragte Marie. Sie setzte Finn auf die Arbeitsfläche neben der Spüle und goss sich ein Glas Leitungswasser ein.
»Auf dem Marktplatz. Freitag ist die lange Einkaufsnacht. Da haben die Geschäfte bis Mitternacht geöffnet und die Innenstadt ist garantiert gerappelt voll. Das ist die perfekte Gelegenheit, um meine T-Shirts vor einem großen Publikum zu präsentieren.«
Marie trank einen Schluck. »Klingt gut.«
Ihr Vater zog ein Sakko über sein leicht zerknittertes Hemd.

»Sag mal, Marie, hättest du vielleicht Zeit, am Freitagabend auf Finn aufzupassen?«
Tessas Miene hellte sich auf. »Das wäre die perfekte Lösung!«
»Ja, ja, ja! Marie bleibt da!«, rief Finn begeistert und schlug im Takt mit den Fersen gegen den Küchenschrank.
Marie grinste. »Von mir aus. Dann braucht ihr wenigstens nicht mehr zu diskutieren.«
Herr Grevenbroich lächelte erleichtert. »Vielen Dank, meine Große! Du bist ein Engel.« Er drückte ihr einen Kuss auf die Stirn.
»Du hast was gut bei uns«, versprach Tessa. Sie zog den Autoschlüssel aus ihrer Handtasche, winkte Finn und Marie zu und verließ die Küche. Helmut folgte ihr. Kurze Zeit später senkte sich friedliche Stille über die alte Villa.
»Puh!« Marie trank ihr Wasserglas aus. »Und was machen wir zwei jetzt?«
»Fangen spielen!«, rief Finn.
Marie seufzte. »Okay, los geht's.« Finn konnte stundenlang Fangen spielen. Trotz seiner kurzen Beine war er dabei erstaunlich schnell. Plötzlich fiel ihr siedend heiß etwas ein. »Verdammt!«
»Das sagt man nicht«, ermahnte Finn sie.
Marie achtete nicht auf ihn. Freitagabend war die Party im Jugendzentrum! Daran hatte sie überhaupt nicht mehr gedacht. Sie konnte Kim und Franzi unmöglich im Stich lassen. Aber Helmut und Tessa hatte sie auch fest zugesagt.
Was sollte sie jetzt machen?

Magische Musik

»Hoffentlich geht es dem Jungen inzwischen besser«, sagte Kim, als die Detektivinnen am nächsten Tag das Krankenhaus betraten.
Alle drei waren schwer bepackt. Franzi hatte eine Tasche mit ausrangierten Klamotten ihres Bruders Stefan dabei, Kim einen Stapel Bücher und Schreibzeug und Marie einen prall gefüllten Waschbeutel und ein altes Handy.
Sie fuhren mit dem Fahrstuhl in den vierten Stock. Marie hatte beschlossen, vorerst für sich zu behalten, dass sie Freitagabend babysitten musste. Sie hoffte immer noch, eine Lösung für ihre Zwickmühle zu finden. Nur welche?
»Hört mal!« Kim, die gerade aus dem Fahrstuhl getreten war, blieb stehen. »Was ist das?«
Aus dem Aufenthaltsraum der Station drang leise Klaviermusik. Die Tür war nur angelehnt. Die Musik war süß und schwermütig zugleich. Sie zog Marie magisch an. Wie von unsichtbaren Fäden gezogen betrat sie den Raum. Überrascht blieb sie stehen. Es lief nicht etwa ein Radio, sondern jemand spielte Klavier. Das Instrument stand in einer Ecke des Raums, eingeklemmt zwischen einem Fernseher und einem Tisch.
Die Töne schwebten durch die Luft wie schillernde Seifenblasen und weckten eine seltsame Sehnsucht in Marie. Wonach? Sie wusste es nicht. Ihr Herz zog sich zusammen und ihr kamen fast die Tränen. Am liebsten hätte sie geweint, gleichzeitig überrollte sie eine Welle des Glücks. Es war, als würde die Musik sie verzaubern.

Kim, die hinter Marie stand, gab einen seltsamen Laut von sich. Es klang wie eine Mischung aus Schluchzen und Lachen. Die Melodie brach ab und der Klavierspieler drehte sich um.
Marie schnappte nach Luft. »Du?«
Der namenlose Junge schenkte den Detektivinnen ein strahlendes Lächeln. »Welch Glanz in dieser bescheidenen Behausung! Wie überaus freundlich von euch, mir eure Aufwartung zu machen. Tretet ein, bringt Glück herein!«
Franzi grinste und Marie starrte den Jungen verdutzt an. Er trug eine ausgeleierte Jogginghose, Badelatschen und ein T-Shirt mit dem Logo des Krankenhauses. Der Verband um seinen Kopf war einem großen Pflaster gewichen. Sein Äußeres passte so gar nicht zu seiner gewählten Ausdrucksweise.
Er erhob sich, ging auf die Mädchen zu und begrüßte sie nacheinander mit einem perfekten Handkuss. Marie war so verwirrt, dass sie ihm widerstandslos ihre Hand überließ, auf deren Rücken er die Andeutung eines Kusses hauchte.
Franzi räusperte sich. »Äh, hallo. Ich wusste gar nicht, dass du Klavier spielen kannst!«
»Ich auch nicht.« Der Junge zuckte mit den Schultern. »Gestern durfte ich aufstehen und hab mir ein bisschen die Beine vertreten. Beim Anblick des Klaviers haben meine Finger plötzlich so seltsam gekribbelt. Ich hab mich hingesetzt und angefangen zu spielen, einfach so.«
»Wahnsinn!« Marie konnte es immer noch nicht glauben.
»Die Krankenschwestern nennen mich seitdem scherzhaft Amadeus.« Der Junge lachte.
»Nach Wolfgang Amadeus Mozart?«, fragte Kim. »Das passt ja! Dürfen wir dich auch so nennen?«

Der Junge nickte. »Von mir aus gerne.«

»Mozart …«, murmelte Marie. Plötzlich fiel ihr etwas ein. »Du hast vorgestern am See einen seltsamen Satz gesagt: Mozart war ein Genie, genau wie ich. Was heißt das?«

Der Junge schüttelte langsam den Kopf. »Keine Ahnung. Klingt ziemlich eingebildet, wenn ihr mich fragt.« Er deutete auf eine Sitzgruppe am Fenster. »Setzt euch!«

»Wie geht's dir denn?«, erkundigte sich Kim, nachdem sie Platz genommen hatten. »Hast du noch Schmerzen?«

»Eigentlich nicht. Manchmal tut mein Kopf weh, aber der Schwindel ist so gut wie weg.«

»Und dein Gedächtnis?«, fragte Franzi.

»Nichts«, sagte Amadeus bedrückt. »Alles, was vor dem Tag am See passiert ist, ist futsch. Einfach weg! Mein bisheriges Leben ist wie ausgelöscht.«

»Das tut mir sehr leid. Das muss furchtbar für dich sein.« Marie sah ihn mitfühlend an.

»Es ist, als würde ich im luftleeren Raum schweben. Immerhin kann ich lesen, schreiben und rechnen. Ich weiß, wie man mit Messer und Gabel isst und eine Schleife bindet. Das ist doch auch schon was!« Er lächelte gequält.

»Wieso kannst du dich an diese Dinge erinnern, aber nicht an deinen Namen?«, fragte Franzi.

»Das hat etwas mit den verschiedenen Bereichen des Gedächtnisses zu tun. Doktor Meinardus hat mir alles genau erklärt. Im autobiografischen Gedächtnis sind alle persönlichen Erinnerungen gespeichert, zum Beispiel was ich erlebt habe und was ich über mich weiß. Dieser Teil ist für mich gerade nicht zugänglich.«

»Was heißt das genau?«, wollte Kim wissen.

»Immer, wenn ich versuche, auf die Erinnerungen zuzugreifen, werden Stresshormone ausgeschüttet, die den Zugang blockieren. Andere Bereiche sind davon aber nicht betroffen. Das prozedurale Gedächtnis und das Faktengedächtnis funktionieren noch.«

»Das prozedu-was?« Marie verstand kein Wort.

»Das prozedurale Gedächtnis speichert neutrale Abläufe wie Essen, eine Schleife binden oder Klavierspielen.« Amadeus warf einen liebevollen Blick zum Klavier. »Im Faktengedächtnis ist gespeichert, was eine Tür, ein Tisch oder ein Sofa ist.«

»Werden deine persönlichen Erinnerungen irgendwann zurückkommen?«, fragte Franzi.

»Sie sind ja gar nicht weg. Sie schlummern irgendwo in meinem Gehirn, aber ich kann sie nicht aktivieren.« Er seufzte frustriert. »Das ist zum Verrücktwerden!«

»Können die Ärzte irgendetwas für dich tun?« Marie öffnete ihre Tasche.

»Ich werde von einer Psychologin betreut, die gerade verschiedene Tests mit mir macht. Außerdem kümmert sich ein Sozialarbeiter um mich.«

»Wir haben dir übrigens etwas mitgebracht.« Kim zog die Bücher, einen Block und Stifte aus ihrem Rucksack. »Damit dir nicht langweilig wird.«

»Ich hab ein paar Klamotten von meinem Bruder dabei.« Franzi zeigte auf die große Tüte neben ihrem Sessel.

»Und ich hab dir einen Waschbeutel gepackt, mit allem, was man im Bad so braucht.« Marie reichte Amadeus die prall gefüllte Kulturtasche.

Er öffnete den Reißverschluss und zog eine kleine Dose heraus. »Gesichtscreme?«

»Für Männer natürlich«, sagte Marie schnell. »Ich hab dir auch eine Gesichtsmaske dazugelegt, Rasierzeug und ein klärendes Aftershave, das besonders sanft zur Haut ist.«

»Aha.« Amadeus grinste. »Bald bin ich der gepflegteste Patient im ganzen Krankenhaus!«

»Ach so, fast hätte ich es vergessen.« Marie legte ein Handy auf den Tisch. »Damit du uns immer erreichen kannst. Ist nicht mehr das neuste Modell, aber zum Telefonieren und Nachrichtenschreiben reicht's.«

»Danke!« Amadeus wurde wieder ernst. »Das ist echt supernett von euch.«

»Ist doch selbstverständlich«, murmelte Marie verlegen.

»Wir haben übrigens die Badegäste am See befragt«, berichtete Franzi.

»Und?« Amadeus beugte sich interessiert vor. »Habt ihr etwas rausgefunden?«

»Niemand hat einen Streit oder eine Schlägerei beobachtet«, sagte Kim. »Aber ein paar Jugendliche haben laut gefeiert und Leute angepöbelt. Wir sind auf der Suche nach ihnen, erst mal nur als Zeugen.«

»Außerdem wurden in letzter Zeit mehrere Badegäste am See bestohlen«, ergänzte Marie. »Auch am 1. Mai. Da könnte es einen Zusammenhang geben.«

Amadeus runzelte die Stirn. »Wie meinst du das? Was für einen Zusammenhang?«

»Vielleicht wollte dich jemand beklauen, du hast den Dieb erwischt und er hat dir einen Schlag auf den Kopf verpasst.«

Franzi demonstrierte den möglichen Tathergang mit weit ausholenden Armbewegungen.
Amadeus nickte. »Möglich wäre es ...«
»War die Polizei schon hier?«, fragte Marie.
»Ja, ein gewisser Kommissar Peters hat mich besucht und mir ein paar Fragen gestellt. Die meisten konnte ich leider nicht beantworten. Ich wünschte, ich könnte mich zumindest an irgendetwas erinnern ...« Er sah gedankenverloren aus dem Fenster und summte leise vor sich hin.
Marie horchte auf. Schon wieder diese Melodie! »Was singst du da?«
»Wie bitte?«, fragte Amadeus verwirrt.
»Du hast gerade ein Lied gesummt, das mir irgendwie bekannt vorkommt.«
»Echt? Sorry, hab ich gar nicht gemerkt.«
Marie sang Amadeus die Melodie vor. »Woher kennst du denn dieses Lied?«
»Keine Ahnung!« Amadeus rieb sich die Schläfen. »Vielleicht hab ich es in meinem früheren Leben irgendwo gehört.«
»Weißt du wirklich gar nichts mehr?«, fragte Kim. »Jeder noch so kleine Erinnerungsfetzen könnte uns bei der Suche nach deiner Identität helfen.«
Amadeus dachte nach. »Doch, gestern Abend im Halbschlaf ist plötzlich ein Bild in meinem Kopf aufgetaucht. Ich hab mich mit jemandem gestritten.«
»Mit wem?«, fragte Franzi aufgeregt.
Kim holte ihr Detektivtagebuch heraus und zückte einen Stift.
»Das weiß ich nicht. Die Person stand im Gegenlicht, darum konnte ich ihr Gesicht nicht erkennen.«

»Kanntest du sie?«, wollte Kim wissen.
»Schon möglich.«
»Ihr wart also auf jeden Fall irgendwo im Freien«, kombinierte Marie. »Sonst hättest du nicht von der Sonne geblendet werden können.«
»Das stimmt.« Amadeus nickte. »Aber mehr weiß ich leider auch nicht.«
»Das sind nicht gerade viele Anhaltspunkte«, sagte Kim.
»Letzte Nacht war da noch ein anderes Bild«, berichtete Amadeus. »Ich stand auf einer Bühne in einem großen Saal. Das Publikum hat wie verrückt geklatscht und mir zugejubelt. Es wollte gar nicht mehr damit aufhören«
Die drei !!! wechselten einen Blick.
»Hast du den Saal wiedererkannt?« Kim dachte nach. »War es hier in der Stadt?«
Amadeus zuckte nur mit den Schultern.
»Bist du sicher, dass du nicht geträumt hast?«, fragte Marie vorsichtig.
»Was ist schon sicher? Nichts! Zumindest nicht in meinem Leben«, antwortete Amadeus.
»Vielleicht bist du ja ein berühmter Rockstar«, sagte Franzi und lächelte.
»Wir finden schon noch heraus, wer du bist.« Kim steckte das Detektivtagebuch ein und stand auf.
»Darf ich ein Foto von dir machen?« Marie zückte ihr Handy. »Das könnte uns bei den Ermittlungen helfen.«
»Warum nicht?« Amadeus grinste schief. »Hab mich heute schließlich extra in Schale geworfen.« Er deutete auf seine Jogginghose und die Badelatschen.

Marie knipste mehrere Bilder. »Danke, das war's schon.«
»Wir halten dich auf dem Laufenden, okay?«, sagte Franzi.
»Mein allerherzlichster Dank sei euch gewiss.« Amadeus erhob sich und machte eine galante Verbeugung. »Ich stehe tief in eurer Schuld.«
»Ach was, halb so wild.« Kim winkte ab.
Als sie den Aufenthaltsraum verließen, ertappte sich Marie dabei, dass sie auf einen weiteren Handkuss von Amadeus hoffte. Aber er stand nur da und sah ihnen nach, bis sich die Fahrstuhltüren hinter ihnen schlossen.

»Hallo, Marie, hier bin ich!« Holger winkte.
Marie schlängelte sich zwischen den Tischen im voll besetzten Innenhof des *Café Lomo* hindurch und begrüßte ihren Freund mit einem Kuss. »Entschuldige, dass ich zu spät bin. Ich war noch mit Kim und Franzi unterwegs.«
»Kein Problem.« Holger lächelte. »Auf dich zu warten, macht mir überhaupt nichts aus.«
Marie ließ sich auf einen freien Stuhl sinken. »Süß von dir! Ich wünschte, Franzi würde das auch so sehen. Sie ist immer gleich sauer, wenn ich mal fünf Minuten zu spät komme …«
»Was macht euer neuer Fall?«, erkundigte sich Holger. »Kommt ihr mit den Ermittlungen voran?«
»Geht so.« Marie warf einen schnellen Blick in die Karte und bestellte eine große Rhabarbersaftschorle mit extraviel Eis bei der Kellnerin, die gerade vorbeikam. »Der Fall ist echt heftig. Wir haben den Jungen vom See heute im Krankenhaus besucht. Er kann sich immer noch an nichts erinnern. Ist das nicht schrecklich?«

Holger nickte. »Ich mag mir das gar nicht vorstellen.«

»Er spielt wunderschön Klavier, begrüßt einen mit Handkuss und spricht, als würde er aus einer anderen Zeit kommen. Aber er weiß weder seinen Namen noch seinen Geburtstag.« Marie seufzte. »Ich möchte ihm so gerne helfen. Nur wie?«

»Ihr helft ihm ja schon, indem ihr euch um ihn kümmert und herauszufinden versucht, was mit ihm passiert ist.« Holger sah Marie verliebt an. »Mach dir nicht so viele Gedanken.«

Die Kellnerin brachte die Rhabarberschorle und Marie trank einen großen Schluck. Das prickelnde Getränk floss ihre Kehle hinab und sie fühlte sich sofort erfrischt.

»Sonst alles gut bei dir?«, fragte Holger.

»Geht so.« Marie zwirbelte eine Haarsträhne zwischen zwei Fingern. »Zu Hause ist die Stimmung gerade nicht so toll.«

»Wieso? Stress mit Lina?«

Marie schüttelte den Kopf. »Nein, mit Lina verstehe ich mich inzwischen ganz gut. Meistens zumindest. Aber Tessa und Helmut streiten sich in letzter Zeit total oft.«

»Echt?«, fragte Holger überrascht. »Bisher waren sie doch das absolute Traumpaar.«

»Stimmt. Nun wollen beide beruflich voll durchstarten, aber das funktioniert nicht ohne zusätzliche Kinderbetreuung.«

»Klingt logisch. Warum sucht ihr euch nicht ein Kindermädchen oder ein neues Au-pair?«

»Keine Ahnung. Wahrscheinlich haben Tessa und Papa selbst dafür zu wenig Zeit. Außerdem bin *ich* ja ihr Kindermädchen.« Marie zog eine Grimasse. »Immer, wenn es eng wird, muss ich einspringen.«

»Na und? Du passt doch gern auf Finn auf, oder?«

»Ja, schon, aber nicht ständig! Jetzt hab ich sogar für Freitagabend zugesagt, obwohl ich da eigentlich mit Franzi und Kim verabredet bin. Es geht um wichtige Ermittlungen in unserem Fall. Die beiden bringen mich um, wenn ich sie hängen lasse.«

»Ach was, sie haben bestimmt Verständnis.«

»Nein, das glaube ich nicht. Ich hab's verbockt. Ich bin total in der Zwickmühle. Egal, was ich mache, ich muss irgendjemanden im Stich lassen.«

Holger überlegte kurz. »Wie wär's, wenn ich einspringe?«

»Das ist lieb, aber du weißt, dass nur Clubmitglieder bei den Ermittlungen dabei sein dürfen.«

Holger schüttelte grinsend den Kopf. »Ich meine nicht die Ermittlungen, sondern Finn. Ich könnte auf ihn aufpassen.«

Marie starrte ihn an. Es dauerte ein paar Sekunden, bis ihr Kopf die Information verarbeitet hatte. »Ist das dein Ernst?«

»Mein voller. Ich hab Freitagabend sowieso noch nichts vor. Und was gibt es Schöneres, als mit meinem guten alten Kumpel Finn eine Runde Fangen zu spielen?«

Marie sprang auf. »Du bist der Beste!« Sie fiel Holger so stürmisch um den Hals, dass er fast mit seinem Stuhl hintenüberkippte.

Holger drückte sie an sich und lachte. »Weiß ich doch. Mit mir hast du einen richtig guten Fang gemacht.«

»Allerdings.« Marie gab ihm einen Kuss.

Ihr fiel ein riesengroßer Stein vom Herzen. Sie musste niemanden enttäuschen. Keiner würde sauer auf sie sein. Sie konnte ohne schlechtes Gewissen zur Party im Jugendzentrum gehen, während Finn einen Heidenspaß mit Holger haben würde. Das war die perfekte Lösung!

Party

Detektivtagebuch von Kim Jülich
Freitag, 19:12 Uhr
Heute Nachmittag waren wir bei Kommissar Peters und haben unsere Zeugenaussagen gemacht. Der Kommissar war sehr freundlich und hat uns sogar Cola und Kekse angeboten. Vielleicht hatte er ein schlechtes Gewissen wegen der Standpauke, die er uns letztens am Telefon gehalten hat. Tja, selbst schuld!
Wir haben zufällig mitgekriegt, dass die Laborergebnisse gekommen sind, und es geschafft, dem Kommissar ein paar Informationen zu entlocken. Ein kleines Wunder! Unsere Vermutung hat sich bestätigt: Das Blut am Stein stammt tatsächlich von Amadeus. Die Polizei geht davon aus, dass er mit dem Stein niedergeschlagen wurde.
Leider wurden keine weiteren Spuren gefunden. Weder Fingerabdrücke des Täters noch sonst was. Nur ein bisschen Erde und Gras. Na ja, wäre auch zu schön gewesen ...
Kommissar Peters war inzwischen auch nicht untätig. Er war im Krankenhaus und hat mit Amadeus und den Ärzten gesprochen. Jetzt laufen bundesweite Ermittlungen. Ein Foto von Amadeus wurde an alle Polizeidienststellen im ganzen Land geschickt. Außerdem wurden seine Fingerabdrücke ins Zentralregister gestellt und sämtliche Vermisstenmeldungen überprüft. Bisher hat die Polizei nichts Verwertbares gefunden. Es liegt keine Vermisstenmeldung vor, die auf Amadeus passt. Als wäre er einfach vom Himmel gefallen. Seltsam ...
Mist, ich muss los. Um acht fängt die Party im Jugendzentrum

an. Marie, Franzi und ich wollen uns pünktlich dort treffen, um die Clique nicht zu verpassen, falls sie heute Abend auftauchen sollte. Und ich bin noch nicht mal umgezogen! Egal, dann gehe ich eben in Jeans und T-Shirt. Zum Glück gibt's im Jugendzentrum ja keinen Türsteher ☺.
Bis später!

»Du hast echt Glück, dass es hier keinen Türsteher gibt.« Marie musterte Kim mit kritischem Blick. »Der würde dich garantiert nicht reinlassen.« Sie selbst hatte über eine Stunde im Bad verbracht und war für den Abend perfekt gestylt.
»Na und?« Kim strich ihr T-Shirt glatt. Dazu trug sie ihre Lieblingsjeans und Turnschuhe, wie fast jeden Tag. »In einen Club mit Türsteher will ich sowieso nicht.«
»Ich schon.« Marie seufzte sehnsüchtig. »So ein richtig cooler Szene-Club, in dem jede Menge Promis rumlaufen. Das wär's doch!«
»Bei dir läuft jeden Tag zu Hause ein Promi rum«, stellte Franzi fest. »Reicht das nicht?«
Marie winkte ab. »Papa ist für mich kein echter Promi. Ich denke eher an jemanden wie Elyas M'Barek oder Nick von den *Boyzzzz*.«
»Die wirst du hier im Jugendzentrum wohl eher nicht treffen.« Kim grinste.
Marie nickte. »Ja, leider.«
»Ob Sue und Marla heute Abend kommen?«, überlegte Franzi, während sie das Gebäude betraten.
»Hoffentlich!«, sagte Kim. »Wenn sie nicht auftauchen, finden wir sie vermutlich nie.«

Aus dem Clubraum im Keller wummerten schon die Bässe. Die drei !!! gingen die Treppe hinunter und sahen sich um. Im Vorraum standen ein paar Jugendliche, tranken Cola und quatschten. Marie grüßte einige Mädchen von ihrer Schule und hielt nach einem pinkfarbenen Haarschopf Ausschau. Vergeblich.

»Lasst uns reingehen!«, rief Franzi über die Musik hinweg.

Im Clubraum war noch nicht viel los. Die Tanzfläche war leer. Nur die bunten Reflexe der Lichtanlage hüpften über den schwarzen Boden. Zwei Mädchen lehnten an der Wand und nickten im Takt der Musik mit den Köpfen. An der Theke stand eine Gruppe Jungs und bestellte Getränke. Marie konnte weder Sue noch Marla entdecken. Auch sonst niemanden aus der Clique. Sie gab ihren Freundinnen einen Wink und die Detektivinnen kehrten in den Vorraum zurück.

»Ganz schön laut da drin.« Kim rieb sich Ohren.

»Die Clique ist nicht da«, stellte Franzi fest. »Was machen wir jetzt?«

»Warten«, schlug Marie vor. »Es ist ja noch früh. Soll ich uns was zu trinken holen? Ich lade euch ein.«

Kim und Franzi lächelten. »Super, danke!«

Marie kehrte in den Clubraum zurück und stellte sich an die Theke. Die Jungs hatten gerade ihre Getränke bekommen und stießen klirrend mit ihren Flaschen an.

»Bitte schön?«, fragte das Mädchen hinter der Theke.

»Drei Cola bitte«, bestellte Marie. »Sag mal, gehst du nicht auch aufs Heinrich-Heine-Gymnasium?«

»Ja, in die Oberstufe. Nebenbei jobbe ich hier im Jugendzentrum.«

»Cool!« Marie zog ihr Portemonnaie aus der Hosentasche. »Kennst du zufällig Sue und Marla? Die sollen freitags öfter hier sein.«

»Klar!« Das Mädchen öffnete drei Colaflaschen und stellte sie auf die Theke. »Was willst du denn von denen?«

»Nichts Besonderes.« Marie gab dem Mädchen einen Geldschein. »Nur ein bisschen quatschen.«

»Die kommen bestimmt noch. Meistens tauchen sie erst später auf, wenn mehr los ist.«

»Verstehe.« Marie nahm das Wechselgeld und griff nach den Flaschen. »Danke!«

Sie verließ den Clubraum und brachte Kim und Franzi ihre Getränke. Gerade kam ein Schwung neuer Gäste die Treppe herunter.

»Langsam füllt es sich«, sagte Franzi und nippte an ihrer Cola.

»Das Mädchen hinter der Theke meinte, Marla und ihre Clique würden immer erst ziemlich spät kommen«, berichtete Marie.

Kim warf einen besorgten Blick auf ihre Armbanduhr. »Hoffentlich nicht zu spät. Ich muss pünktlich zu Hause sein, sonst reißt meine Mutter mir den Kopf ab.«

»Ich kann auch nicht ewig bleiben«, sagte Franzi. »Stefan holt uns um zehn ab, wie besprochen.«

»Was übrigens echt nett von deinem Bruder ist«, bemerkte Kim.

»Bis dahin ist ja noch Zeit.« Marie trank einen Schluck Cola. »Am besten, wir entspannen uns und genießen den Abend.«

In der nächsten Stunde strömten immer mehr Leute in den

Keller. Bald war der Clubraum gut gefüllt und die ersten begannen zu tanzen. Der DJ drehte die Musik noch etwas lauter, sodass man selbst im Vorraum Mühe hatte, sein eigenes Wort zu verstehen. Ansonsten passierte nicht viel. Die Detektivinnen ließen die Treppe nicht aus den Augen und Marie überlegte, ob sie noch eine Runde Getränke holen sollte, als Franzi sie mit dem Ellbogen in die Seite stieß.

»Da sind sie!« Sie blickte unauffällig zur Treppe, auf der gerade eine Gruppe Jugendlicher auftauchte.

Marie erkannte Sammi wieder, den Jungen mit den dunklen Locken. Hinter ihm erschienen Marla und Sue. Beide trugen hautenge Jeans und bunte Tops. Marla hatte ihre pinkfarbenen Haare zu einem hohen Zopf gebunden und Sues dunkle Kurzhaarfrisur schimmerte silbern. Vermutlich Glitzergel, wie Marie mit fachmännischem Blick feststellte.

Laut lachend und schwatzend kam die Clique die Treppe hinuntergelaufen.

»Ich brauch erst mal was Kühles zu trinken!«, rief Sammi.

»Bringst du mir was mit?« Marla zupfte eine Haarsträhne aus ihrem Zopf. »Ich bin kurz vorm Verdursten.«

Sie betraten den Clubraum, wo Sammi sofort die Ellbogen ausfuhr und sich zur Theke durchdrängelte.

Franzi rieb sich die Hände. »Okay, Leute, jetzt schnappen wir sie uns!«

Wahrheit oder Lüge?

»Wie gehen wir am besten vor?«, fragte Kim.
»Wir nehmen die direkte Methode«, beschloss Marie. »Für alles andere reicht die Zeit nicht mehr.«
Sie folgten der Clique in den Clubraum und Marie tippte Marla auf die Schulter.
Marla fuhr herum. »Was?«
»Wir würden gern mit dir reden«, sagte Marie.
»Ich aber nicht mit euch«, gab Marla unfreundlich zurück.
»Es ist wichtig«, fügte Franzi hinzu.
Marla sah sie mit gerunzelter Stirn an. »He, dich hab ich doch schon mal gesehen!«
»Was ist los?«, fragte Sue, die gerade mit Sammi von der Theke kam. Sie reichte Marla eine Flasche.
»Das ist die kleine Kröte vom See.« Marla zeigte mit ausgestrecktem Zeigefinger auf Franzi. Ihre Nägel waren schwarz lackiert und sie trug an jedem Finger mehrere Silberringe. »Verfolgst du mich etwa, oder was?«
»Marla wird gestalkt! Von einem rothaarigen Zwerg!« Sammi prustete los.
Franzi knirschte mit den Zähnen. »Haha, sehr witzig.«
»Verzieht euch und lasst mich in Ruhe.« Marla machte eine Handbewegung, als würde sie lästige Fliegen verscheuchen. »Das ist kein Kindergeburtstag.«
»Jetzt halt mal die Luft an«, sagte Marie ärgerlich. »Wir sind nicht zum Spaß hier. Ein Junge hat am See sein Gedächtnis verloren. Wir wollen nur eine Zeugenaussage von euch.«

»Zeugenaussage?« Marla zog spöttisch eine Augenbraue hoch. »Sind wir im *Tatort*, oder was?«
»Kein Kindergeburtstag und auch kein *Tatort*«, sagte Kim ruhig. »Das ist das echte Leben.«
»Worum geht's denn genau?«, fragte Sue.
»Wir haben am 1. Mai einen bewusstlosen Jungen in einer Bucht am See gefunden«, erklärte Marie. »Er hatte eine Kopfverletzung, wahrscheinlich wurde er mit einem Stein niedergeschlagen. Inzwischen geht es ihm besser, aber er kann sich an nichts mehr erinnern.«
»Krass!«, murmelte Sammi.
»Und was hat das mit uns zu tun?« Marla verschränkte demonstrativ die Arme vor der Brust.
»Ihr wart an dem Tag auch am See, nicht weit von der Bucht entfernt«, sagte Franzi. »Habt ihr den Jungen vielleicht gesehen? Oder etwas von einem Streit oder einer Schlägerei mitbekommen?«
»Wie sieht er denn aus?«, fragte Sue.
»So!« Marie hielt ihr Smartphone hoch mit dem Foto von Amadeus, das sie beim letzten Besuch im Krankenhaus gemacht hatte.
»Zeig mal.« Sue griff nach dem Handy und sah sich das Bild genauer an. »Ja, den hab ich gesehen! Erinnert ihr euch?« Sie reichte das Smartphone an Sammi weiter. »Der kam ziemlich früh und war total mies drauf.«
Sammi nickte. »Stimmt. Marla hat versucht, ihn anzugraben, aber er hat sie voll abblitzen lassen.«
»Quatsch!«, protestierte Marla. »Der ist doch gar nicht mein Typ.«

»Ich find ihn schon ziemlich süß.« Sue warf noch einen schnellen Blick auf das Foto.
»Und was ist dann passiert?«, fragte Kim.
»Nichts.« Sammi gab Marie ihr Handy zurück. »Der Typ hat sich verzogen und wir haben weiter Party gemacht.«
»Habt ihr euch mit ihm gestritten?«, hakte Marie nach.
»Nicht wirklich.« Sue zuckte mit den Schultern. »Marla hat ihm noch was hinterhergerufen. War nicht gerade ein Kompliment.« Sie grinste. »Aber der Kerl ist einfach weitergegangen. Hat sie voll ignoriert.«
»Arroganter Schnösel!« Marla schnaubte verächtlich. »Hat sich wohl für was Besseres gehalten.«
»Ihr seid ihm nicht nach, um die Sache zu klären?«, fragte Franzi.
Marie konnte sich denken, worauf ihre Freundin hinauswollte. Dass Marla aufbrausend war und die Clique keinem Streit aus dem Weg ging, hatten sie am See selbst erlebt. Was, wenn sie Amadeus gefolgt waren? In der Bucht hätten sie ihm problemlos einen Denkzettel verpassen können, ohne dass es irgendjemand mitbekommen hätte.
»Na, hör mal!«, rief Sue empört. »Wir haben ihm nicht mit ’nem Stein eins übergezogen, falls es das ist, was du meinst.«
»Ihr wart also die ganze Zeit am Strand?«, fragte Kim.
Sue verdrehte die Augen. »Klar. Wo sonst?«
»Okay, danke.« Marie nickte der Clique zu. Sie war sich nicht sicher, ob Marla, Sue und Sammi die Wahrheit gesagt hatten. Vielleicht waren die drei auch einfach geschickte Lügner?
»Wenn euch noch was einfällt, ruft uns bitte an.« Kim zog eine Visitenkarte hervor und reichte sie Sue.

Sue steckte die Karte ein. Marie fragte sich, ob sie sich wirklich melden würde. Vielleicht landete die Karte auch im nächsten Mülleimer, aber das ließ sich nicht ändern. Sie hatten getan, was sie konnten.

Die drei Detektivinnen verließen den Clubraum und liefen schnell nach oben.

»Mist, wir sind zu spät!«, murmelte Franzi nach einem Blick auf die Uhr. »Stefan wartet bestimmt schon auf uns.«

Tatsächlich stand der alte Opel ihres Bruders bereits auf dem Parkplatz, als die drei !!! aus dem Gebäude kamen. Stefan lehnte lässig an der Motorhaube und winkte ihnen zu.

»Da seid ihr ja endlich!«

»Sorry, ist etwas später geworden«, entschuldigte sich Franzi.

»Kein Problem. Habt ihr wenigstens ordentlich gefeiert?«, erkundigte sich Franzis Bruder gutmütig.

»Nicht wirklich«, antwortete Marie.

»Alles klar, verstehe.« Stefan grinste. »Streng geheime Ermittlungen, was?«

»Genau.« Franzi öffnete die Beifahrertür.

»Verratet ihr mir, worum es geht?«

Franzi schüttelte den Kopf. »Tut mir leid, Bruderherz. Aber dann wären die Ermittlungen ja nicht mehr streng geheim.«

Alle stiegen ein und Stefan startete den Wagen. »Wo soll's denn zuerst hingehen?«

»Erst zu Kim, sie muss pünktlich zu Hause sein.« Franzi schnallte sich an. »Dann zu Marie und zum Schluss zu uns.«

»Hoffentlich lebt Holger noch«, murmelte Marie. Sie checkte schnell ihr Handy. Keine neuen Nachrichten. War das ein gutes oder ein schlechte Zeichen?

»Wieso?« Kim, die neben Marie auf der Rückbank saß, lächelte. »Bloß weil er dich mal einen Abend nicht sieht, wird ihn die Sehnsucht schon nicht gleich umbringen.«
»Das nicht, aber er passt heute auf Finn auf, und das kann ganz schön anstrengend sein.«
»Holger hütet Finn?«, fragte Franzi. »Wie nett von ihm!«
»Na ja ... also ...« Marie räusperte sich. »Eigentlich sollte ich auf Finn aufpassen, weil Tessa und Papa mal wieder beide beruflich unterwegs sind. Die Party im Jugendzentrum hatte ich völlig vergessen. Ich war total in der Zwickmühle und da hat Holger angeboten, als Babysitter einzuspringen.«
Kim sah Marie überrascht an. »Davon hast du uns ja gar nichts erzählt!«
»Ich war zu feige«, gab Marie verlegen zu. »Ich dachte, ihr seid bestimmt stinksauer, wenn ich euch hängen lasse.«
»So ein Quatsch!« Kim schüttelte den Kopf. »Jeder kann mal etwas vergessen. Und es ist doch völlig normal, dass man ab und zu auf seine jüngeren Geschwister aufpassen muss. Das kenne ich leider nur zu gut von Ben und Lukas. Gemeinsam hätten wir bestimmt eine Lösung gefunden, oder, Franzi?«
»Klar«, stimmte Franzi zu. »Trotzdem ist es keine Dauerlösung, dass du ständig als Babysitter einspringen musst. Wenn das so weitergeht, hast du irgendwann gar keine Zeit mehr für den Detektivclub.«
Marie seufzte. »Das darf natürlich nicht passieren. Aber so schlimm wird es hoffentlich nicht werden.«
Franzis Handy gab ein kurzes Wiehern von sich und sie warf einen Blick aufs Display. »Eine Nachricht von Blake!«
»Vermisst er dich schon?«, wollte Stefan wissen.

Franzi wurde rot. »Kann sein. Wir sehen uns gerade nicht so oft, weil er jede freie Minute im Skatepark verbringt und trainiert. Der Workshop hat ihn total motivert und er will unbedingt dranbleiben.«

»Ist doch super«, meinte Marie.

»Am liebsten würde er irgendwann bei den Paralympics mitmachen.«

»Das sind die Olympischen Spiele für Sportler mit Behinderung, oder?«, fragte Kim.

Franzi nickte. »Er hat im Internet entdeckt, dass es paralympische Trainingscamps für alle möglichen Sportarten gibt. Leider ist WCMX nicht dabei.«

»Das kann sich ja ändern«, sagte Kim. »Die Sportart ist schließlich noch ziemlich neu.«

»Stimmt.« Franzi steckte ihr Handy wieder ein. »Jedenfalls wäre es Blakes Traum, mal an einem großen internationalen Wettkampf teilzunehmen.«

»Da wären wir!« Stefan hielt vor dem Reihenhaus von Familie Jülich.

»Danke fürs Mitnehmen«, sagte Kim. »Wir telefonieren morgen, okay?«

»Klar.« Franzi warf ihr eine Kusshand zu. »Bis morgen!«

Zehn Minuten später winkte Marie Stefans Wagen hinterher, während er auf dem Vorplatz der Villa wendete und davonfuhr. Eilig lief sie die Stufen hoch, schloss die Haustür auf und lauschte. In der Eingangshalle empfing sie tiefe Stille. Kein Getrappel kleiner Füße, kein Gekicher oder Geschrei. Finn schien zu schlafen.

Puh! Erleichtert zog Marie Schuhe und Jacke aus. Alles schien gut geklappt zu haben. Aber wo war Holger?
Auf Socken schlich Marie ins Wohnzimmer und schlug die Hände vor den Mund, um nicht laut loszuprusten. Holger lag in einer seltsam verdrehten Haltung auf dem Sofa und schlief mit offenem Mund. Dabei schnarchte er leise. Der Fernseher war auf lautlos gestellt.
Leise ging Marie näher, ließ sich neben Holger auf dem Sofa nieder und strich ihm sanft über das zerzauste Haar.
»Hmm?« Holger fuhr sich mit der Zunge über die Lippen und schmatzte. Dann schlug er die Augen auf. »Was machst du hier?«, murmelte er verwirrt.
»Ich wohne hier.« Marie grinste. »Alles in Ordnung?«
Holger setzte sich auf und rieb sich die Augen. »Klar.«
»Ist Finn gut eingeschlafen?«
»Ja, nachdem ich ihm fünf Bilderbücher vorgelesen und zehn Schlaflieder vorgesungen habe.« Holger gähnte.
»Das übliche Programm also.« Marie lachte.
»Und bei euch?«
»Der Abend war ganz erfolgreich.« Marie hätte Holger gern mehr erzählt, aber die Einzelheiten der Ermittlungen waren vertraulich.
»Prima. Dann geh ich jetzt mal nach Hause.«
Marie begleitete Holger in die Eingangshalle. Zum Abschied schlang sie die Arme um seinen Hals und gab ihm einen Kuss auf die Lippen. »Vielen Dank für deine Hilfe!«
»Gern geschehen.« Holger küsste sie aufs Ohr. »Schlaf gut!«
»Du auch.« Lächelnd schloss Marie die Tür. Holger war einfach ein Schatz!

Notruf aus dem Krankenhaus

Marie träumte. Sie lief Hand in Hand mit Holger über eine wunderschöne Blumenwiese. Die Luft war angenehm warm und es duftete nach Frühling. Sie hielt ihr Gesicht in die Sonne und genoss die warmen Strahlen auf der Haut ...

»Marie! Aufstehen!«

Sie spürte immer noch den sanften Druck von Holgers Fingern. Und flog da nicht ein Zitronenfalter vorbei?

»AUFSTEHEN!«

Jemand zog ihr die Decke weg und rüttelte unsanft an ihrer Schulter. Der Zitronenfalter flatterte davon und der schöne Traum verpuffte. Widerwillig öffnete Marie die Augen. Und blickte direkt in Finns Gesicht.

»He, Marie, bist du jetzt endlich wach?«, fragte ihr kleiner Bruder erwartungsvoll.

»Nein!« Marie drehte sich um und bohrte den Kopf ins Kissen. Samstags konnte sie ausschlafen. Eigentlich. Finn hatte offenbar andere Pläne.

»Doch!«, rief er triumphierend. »Bist du wohl!« Er kletterte aufs Bett und hüpfte auf der Decke herum. Dass darunter jemand lag, schien ihm völlig egal zu sein.

»Lass das, Finn«, knurrte Marie, nachdem sie dreimal seinen Fuß zwischen die Rippen bekommen hatte. »Das tut weh.«

»Stehst du jetzt auf?« Finn ließ sich aufs Bett fallen. »Ich hab Hunger!«

Marie seufzte. Sie würde jetzt sowieso nicht wieder einschlafen, also konnte sie genauso gut mit Finn nach unten gehen.

Auch wenn es erst acht Uhr war, wie sie mit einem schnellen Blick auf den Wecker feststellte. »Gut, dann komm mit, du kleiner Quälgeist.«

»Hurra!«, rief Finn und reckte die Arme in die Luft.

Marie schlüpfte schnell in dicke Wollsocken und zog sich eine kuschelige Strickjacke über. Draußen war die Sonne bereits aufgegangen, aber im Haus war es ganz still. Helmut, Tessa und Lina schliefen noch, die Glücklichen!

Leise lief Marie mit Finn an der Hand die Treppe hinunter und betrat die Küche.

»Warum gehst du eigentlich nicht zu Lina, wenn du morgens nicht mehr schlafen kannst?«, fragte Marie, während sie einen Topf Milch aufsetzte, um Finn seinen Frühstückskakao zu kochen.

Finn zog eine Schnute. »Die schmeißt mich immer raus.«

»Na toll!« Marie schüttelte den Kopf. Darum tauchte Finn also immer bei ihr auf! Vielleicht sollte sie mal ein ernstes Wort mit Lina reden …

Die Milch kochte und Marie nahm den Topf schnell vom Herd. Finn saß im Schlafanzug auf seinem Stuhl und schlenkerte mit den Beinen, während die Sonne durchs Küchenfenster schien und helle Kringel auf den Holztisch malte. Eigentlich war es ganz schön, am Wochenende früh aufzustehen und den ganzen Tag noch vor sich zu haben.

Leise summend deckte Marie den Tisch, rührte den Kakao an und holte den Brotkorb aus dem Schrank.

»Soll ich dir ein Brot schmieren?«, fragte sie, nachdem sie sich auf ihren Platz gesetzt hatte.

Finn nickte. »Mit Schokocreme. Aber ganz dick!«

»Geht klar.« Marie grinste.

Drei Schokocreme-Schnitten und eine Schale Müsli später tauchten Tessa und Helmut in der Küche auf.

»Guten Morgen!« Tessa gab Finn einen Kuss auf den strubbeligen Scheitel und lächelte Marie zu. »Danke, dass du dich um Finn gekümmert hast. Es war herrlich, nicht so früh aufstehen zu müssen.«

»Gut geschlafen, Prinzessin?«, fragte ihr Vater.

Marie nickte. »Bestens. Wie war der Nachtdreh?«

»Anstrengend.« Herr Grevenbroich fuhr sich über sein unrasiertes Kinn. »Irgendwas hat mit der Technik nicht gestimmt, darum mussten wir alle Einstellungen noch mal wiederholen. Heute um elf geht es schon wieder weiter.«

»Der Regisseur ist ein richtiger Sklaventreiber«, schimpfte Tessa.

Helmut zuckte mit den Schultern, während er die Kaffeedose aus dem Schrank holte. »Er macht auch nur seinen Job.«

»Wie war's denn gestern mit Holger?«, erkundigte sich Tessa.

»Super!«, rief Finn. Er strahlte über das ganze mit Schokocreme verschmierte Gesicht. »Wir haben Fangen gespielt, vorgelesen und Lieder gesungen.«

»Auch Zähne geputzt?«, vergewisserte sich Herr Grevenbroich.

Finn nickte. »Gaaanz gründlich!«

»Sehr gut.« Maries Vater lächelte. »Dann können wir Holger ja jetzt öfter als Babysitter engagieren.«

»Au ja!«, rief Finn und klatschte in die Hände. »Kommt Holger bald wieder?«

»Bestimmt«, sagte Marie.

»Wir müssen uns dringend um eine Lösung für unser Betreuungsproblem kümmern. So geht es wirklich nicht weiter!« Tessa hatte sich gerade hingesetzt und eine Scheibe Brot auf ihren Teller gelegt, als ihr Handy klingelte. »Was ist denn jetzt schon wieder los?« Sie seufzte. »Entschuldigt, da muss ich kurz rangehen.«

Marie überlegte, ob sie Tessa darauf hinweisen sollte, dass sie selbst die Regel *Keine Handys bei den Mahlzeiten* eingeführt hatte, ließ es aber bleiben.

»Wie bitte?«, rief Tessa in ihr Telefon. »Das gibt's doch nicht!« Sie stöhnte. »Nein, du kannst natürlich nichts dafür. Leg dich ins Bett und kurier dich aus. Ich krieg das schon irgendwie hin. Okay, bis dann. Gute Besserung!«.

»Was ist los?«, fragte Helmut, während er die Kaffeemaschine anstellte.

»Janine ist krank.« Tessa fuhr sich durch ihre kurzen dunklen Haare. »Das ist die Studentin, die heute den T-Shirt-Verkauf in der Innenstadt betreuen sollte. Wir haben dort einen kleinen Stand. Nach der Modenschau gestern wird der Andrang bestimmt groß sein.«

»Kann nicht jemand anders einspringen?« Herr Grevenbroich setzte sich an den Tisch und griff nach dem Brotkorb.

Tessa schüttelte den Kopf. »Ich fürchte, ich muss das selbst übernehmen. Sonst bleibt der Stand geschlossen und das kann ich mir nicht leisten.«

»Ich muss aber gleich zum Set«, erinnerte Helmut sie. »Was machen wir dann mit Finn?«

»Lina ist doch hier«, sagte Marie, bevor ihr Vater wieder auf die Idee kam, sie um Hilfe zu bitten.

»Was ist mit mir?« Lina kam herein und ließ sich auf ihren Stuhl fallen. Sie trug Sportklamotten und hatte ihre rotblonden Haare zu einem Pferdeschwanz gebunden.
»Könntest du heute auf Finn aufpassen?«, fragte Tessa. »Ich muss gleich weg und Helmut hat Dreharbeiten.«
»Geht nicht.« Lina schüttete Müsli in eine Schale. »Ich hab Klettertraining.«
Tessa seufzte. »Stimmt, das hatte ich ganz vergessen.«
»Also … und wenn du noch mal …?«, begann Helmut vorsichtig an Marie gewandt.
»Au ja!«, rief Finn. »Spielst du mit mir Fangen?«
Marie rang kurz mit sich, dann nickte sie. »Na gut. Aber nur, wenn ich einen Vorsprung kriege. Sonst hab ich keine Chance gegen dich.«
Finn kicherte. »Ich bin eben superschnell!«
Tessa seufzte erleichtert und sagte nur ein einziges Wort: »Danke!«

»Fang mich doch! Fang mich doch!«
Marie stützte sich mit beiden Händen auf den Oberschenkeln ab. »Ich kann nicht mehr. Kurze Pause, okay?«
Seit einer geschlagenen Stunde rannte sie kreuz und quer durch den Garten, entweder hinter Finn her oder vor ihm weg. Der Kleine war einfach unermüdlich. Er würde bestimmt mal ein prima Langstreckenläufer werden.
»Kann ich was trinken?«, fragte Finn.
»Klar.« Marie ging über den Rasen zur Terrasse. Dort standen ein Wasserkrug und zwei Gläser im Schatten des Sonnenschirms auf dem Tisch. Während Marie Finn und sich Wasser

einschenkte, vibrierte das Handy in ihrer Hosentasche. Schnell zog sie es hervor. Eine Nachricht von Amadeus!

Wichtige Neuigkeiten! Hab was entdeckt. Könnt ihr kommen? Am besten sofort!

Marie ließ das Handy sinken. Wichtige Neuigkeiten? Was konnte das sein? Was hatte Amadeus entdeckt? Es gab nur einen Weg, das herauszufinden: Sie mussten ins Krankenhaus fahren. So schnell wie möglich. Eilig schrieb Marie eine Nachricht an Kim und Franzi und verabredete sich mit ihnen in einer halben Stunde vor der Klinik.

»Spielen wir weiter?«, fragte Finn, nachdem er sein Wasserglas in einem Zug ausgetrunken hatte.

»Später, okay?« Marie überlegte kurz. Was sollte sie mit Finn machen? Er konnte nicht allein zu Hause bleiben und Holger wollte sie nicht schon wieder einspannen. Okay, dann musste Finn eben mit. »Wir machen etwas viel Tolleres«, verkündete sie. »Einen Ausflug!«

»Juhu!« Finn hüpfte auf und ab wie ein Flummi. »Wohin denn?«

»Ins Krankenhaus.«

»Echt? Da war ich noch nie! Was machen wir da?«

»Einen Freund besuchen. Komm, wir packen ein paar Sachen und dann geht's los!«

»Wer bist du denn?«, fragte Amadeus lächelnd, als Marie mit Finn an der Hand den Aufenthaltsraum betrat. Franzi und Kim waren auch schon da und winkten ihr zu.

»Finn«, antwortete Maries Bruder schüchtern.
»Ich hab gerade auf ihn aufgepasst, als deine Nachricht kam, darum musste ich ihn mitnehmen. Ich hoffe, das ist in Ordnung«, sagte Marie entschuldigend.
»Hast du ein Loch im Kopf?« Finn starrte interessiert auf das Pflaster an Amadeus' Hinterkopf.
Amadeus nickte. »Zum Glück nur ein kleines.«
»Bist du hingefallen?«, wollte Finn wissen, der seine anfängliche Schüchternheit schnell überwunden hatte.
»Das weiß ich nicht so genau«, meinte Amadeus. »Ich kann mich an nichts erinnern.«
Marie brannte darauf, endlich zu erfahren, warum Amadeus sie herbestellt hatte. Sie wühlte in ihrer Umhängetasche, die heute doppelt so schwer war wie sonst. »Schau mal, Finn, ich hab deine Spielzeugautos und Malzeug dabei.« Sie ging zu einem Tisch am anderen Ende des Gemeinschaftsraums und legte die Sachen darauf. »Wir müssen kurz was besprechen. Du darfst hier solange spielen, okay?«
Finn nickte und griff nach einem Stift.
»So, jetzt können wir in Ruhe reden«, sagte Marie, nachdem sie zu den anderen zurückgekehrt war und sich mit einem schnellen Blick davon überzeugt hatte, dass Finn tatsächlich brav malte. »Was ist passiert?«
»Das hier hab ich gefunden, als ich vorhin zum ersten Mal seit dem Unfall meine Jeans wieder angezogen habe.« Amadeus legte zwei kleine Zettel auf den Tisch.
Franzi beugte sich vor und betrachtete die Beweisstücke. »Ein Busfahrschein und ein Kassenbon.«
»Und die waren in deiner Hosentasche?«, fragte Kim.

Amadeus nickte. »Sie müssen aus meinem Leben vor dem Tag am See stammen.«

»Haben sie irgendeine Erinnerung in dir ausgelöst?«, wollte Marie wissen.

»Nein, leider nicht. Dabei muss ich sie schon mal gesehen haben!« Er rieb sich verzweifelt die Stirn.

Marie griff nach dem Busfahrschein. »Die angefahrene Haltestelle heißt Jagdschloss Buchenburg. Sagt dir der Name irgendetwas?«

Amadeus schüttelte den Kopf. »Nichts.«

»Das kenne ich!«, rief Franzi. »Das ist ein kleines Schlösschen etwas außerhalb der Stadt. Es liegt in einem großen Park und im Sommer gibt's da Konzerte mit Picknick und Tanzveranstaltungen. Ist echt nett.«

»Lasst uns hinfahren«, schlug Kim vor. »Offenbar war Amadeus dort, und zwar ...«, sie sah auf das Datum, das etwas verwischt am unteren Rand des Fahrscheins stand, »vor gerade mal acht Tagen.«

Amadeus dachte kurz nach, dann nickte er. »Okay, aber ich will mitkommen.«

»Ist das nicht zu anstrengend?«, fragte Franzi. »Du hattest schließlich gerade erst eine Gehirnerschütterung.«

»Ich schaff das schon.« Amadeus wirkte wild entschlossen. »Ich drehe durch, wenn ich den ganzen Tag nur hier rumsitze und Däumchen drehe!«

»Also, ich finde die Idee nicht schlecht«, sagte Marie. »Vielleicht erkennst du irgendetwas wieder.«

»Aber vorher fragen wir die Ärztin.« Kim stand auf. »Am besten erledigen wir das sofort.«

Marie sah zu dem Tisch in der Ecke, aber darauf lagen nur ein paar verwaiste Stifte und ein kleines Feuerwehrauto. Finn war verschwunden.

»Finn?« Marie sprang auf.

»Vielleicht hat er sich versteckt.« Kim bückte sich und sah unter das Sofa.

Im Nu hatten die drei !!! den Aufenthaltsraum durchsucht. Ohne Erfolg. Finn war nicht hier.

Maries Herzschlag beschleunigte sich in einem Tempo, das jedem Formel-1-Rennwagen Ehre gemacht hätte. Ihre Handflächen wurden feucht und in ihrem Kopf blitzten die schlimmsten Bilder auf. Finn, der weinend durch die Krankenhausflure irrte. Finn, der draußen auf der Straße von einem Auto angefahren wurde. Finn auf der Polizeistation ...

Schluss damit!, rief Marie sich selbst zur Ordnung. Sie durfte jetzt nicht in Panik geraten. Sie atmete einmal tief durch, öffnete die Tür und trat auf den Flur. Am anderen Ende der Station stand eine kleine Gestalt in rotem T-Shirt und unterhielt sich mit Doktor Meinardus.

»Finn!« Marie stürzte zu ihrem Bruder und umarmte ihn. »Wo warst du denn?«

»Hier natürlich«, antwortete er, als wäre das völlig selbstverständlich.

»Du darfst nicht einfach weglaufen, hörst du?«

»Bin ich doch gar nicht. Ich wollte nur das Bild abgeben.«

»Was für ein Bild?«, fragte Marie verwirrt.

»Das Bild, das ich gemalt habe«, erklärte Finn geduldig.

»Ist das deine große Schwester?«, fragte die Ärztin.

Finn nickte. »Sie heißt Marie.«

»Finn ist mir entwischt, als ich kurz nicht aufgepasst habe«, sagte Marie entschuldigend.
»Er hat ein wunderschönes Bild für unsere bunte Wand gemalt.« Doktor Meinardus hielt ein Blatt hoch, auf dem zwei etwas krakelige Figuren zu erkennen waren. Eine kleine mit rotem T-Shirt und eine große mit langen blonden Haaren und einem bunten Kleid.
»Das sind wir beide«, erklärte Finn stolz. »Du und ich. Wir spielen gerade im Garten Fangen.«
»Toll.« Marie musste lächeln, als sie bemerkte, dass Finn ihr auf dem Bild sogar Lippenstift und Lidschatten verpasst hatte.
»Hängst du es an die Wand mit den vielen Bildern?«, fragte Finn.
Marie erinnerte sich dunkel, dass sie auf dem Weg zur Station an einer Wand voller Kinderzeichnungen vorbeigekommen waren.
Die Ärztin nickte. »Natürlich. Dort können es alle Leute sehen, die zu uns ins Krankenhaus kommen.«
»Das ist gut.« Finn sah sie zufrieden an.
»Und hier kommt mein Lieblingspatient!« Frau Meinardus lächelte, als Amadeus mit Kim und Franzi auf sie zukam.
»Gut, dass Sie da sind«, sagte Amadeus. »Ist es in Ordnung, wenn ich mit Kim, Franzi und Marie einen kleinen Ausflug mache?«
»Einen Ausflug?« Die Ärztin zog überrascht die Augenbrauen hoch. »Wohin denn?«
»Zu einem Jagdschloss, in dem ich schon mal gewesen sein muss«, erklärte Amadeus. »Ich möchte wissen, ob ich dort etwas wiedererkenne.«

»Es ist nicht weit von hier«, fügte Franzi hinzu. »Wir fahren mit dem Bus und passen gut auf Amadeus auf.«
Doktor Meinardus überlegte. »Warum nicht? Du hast dich in den letzten Tagen gut erholt. Etwas Abwechslung kann nicht schaden. Der Ausflug an einen bekannten Ort könnte sogar dein Gedächtnis anregen. Aber sei bitte vorsichtig und überanstreng dich nicht.«
»Natürlich nicht. Danke!«
»Dann bis später.« Die Ärztin verschwand im Stationszimmer.
»Die ist nett«, sagte Finn.
»Das stimmt.« Amadeus grinste breit. »Aber jetzt nichts wie raus hier. Ich kann's kaum erwarten, endlich wieder frische Luft zu atmen!«

Überraschung im Jagdschloss

»Seht mal, wie hübsch!« Während sich die Bustüren zischend hinter Marie schlossen und der Bus weiterfuhr, zeigte sie auf eine Allee aus uralten Kastanienbäumen, die kurz hinter der Haltestelle begann.
»Sind wir jetzt da?« Finn gähnte. Im Bus wäre er beinahe eingenickt und Marie dachte mit einem Anflug von schlechtem Gewissen daran, dass eigentlich bald Zeit für seinen Mittagsschlaf war. Der würde heute wohl ausfallen müssen.
»Ist nicht mehr weit«, sagte Franzi. »Das Schloss liegt am Ende der Allee.«
Amadeus sah sich aufmerksam um.
»Warst du schon mal hier?«, fragte Kim.
Er schüttelte langsam den Kopf. »Keine Ahnung. Mir kommt jedenfalls nichts bekannt vor.«
»Lasst uns weitergehen.« Marie wollte nach Finns Hand greifen, aber er verschränkte die Arme auf dem Rücken.
»Ich will nicht mehr laufen!«
»Das Schloss gefällt dir bestimmt«, sagte Kim. »Stell dir vor, da haben früher Ritter und Prinzessinnen gewohnt.«
»Echt?« Finn riss die Augen auf.
Kim nickte. »Die haben jede Menge Abenteuer erlebt.«
»Was denn für welche?«
»Das erzähl ich dir unterwegs, okay?« Kim begann, von einem ängstlichen Ritter, einem rülpsenden Drachen und einer mutigen Prinzessin zu fabulieren, während Finn anstandslos neben ihr herlief.

Franzi grinste. »Vielleicht sollte Kim nicht Krimiautorin, sondern Märchenerzählerin werden.«
»Hauptsache, Finn ist abgelenkt und macht kein Theater«, meinte Marie. »Ich hätte ihn unmöglich den ganzen Weg tragen können.«
Die Allee führte schnurgerade auf das Schloss zu. Die üppig ausladenden Kronen der Kastanien rechts und links von der Straße schienen in der Mitte zusammengewachsen zu sein, sodass man sich wie in einem grünen Laubengang bewegte. Selbst das Licht der durch die fingerförmigen Blätter fallenden Sonnenstrahlen war grünlich.
»Ist das schön hier!« Marie sog die duftende Frühlingsluft ein und fühlte sich plötzlich ganz leicht und beschwingt. Wie cool wäre es, jetzt einfach ein gemütliches Picknick im Park zu machen und danach auf dem Rücken im Gras zu liegen und in den Himmel zu schauen ... Aber das musste warten, bis sie den Fall gelöst hatten. Die Ermittlungen gingen natürlich vor.
Amadeus folgte den drei Detektivinnen etwas langsamer. Er schien tief in Gedanken versunken zu sein und sein Blick wanderte hin und her, als hätte er Angst, ein wichtiges Detail zu verpassen.
Am Ende der Allee tauchte das Schloss auf. Es war ein achteckiger Backstein-Bau mit weißen Flügeltüren und Sprossenfenstern.
»Das ist wirklich eher ein Schlösschen als ein Schloss«, stellte Marie fest.
»Hier hat die Prinzessin Ritter Kunibert vor dem rülpsenden Drachen gerettet?«, fragte Finn.
»Ja«, antwortete Kim. »So sagt es zumindest die Legende.

Vielleicht hat die Prinzessin den Drachen ja dort oben im Turmzimmer eingesperrt.« Sie zeigte auf ein Türmchen, das auf dem Dach des Schlosses thronte.

Die Detektivinnen waren nicht die Einzigen, die an diesem sonnigen Samstag einen Ausflug zum Jagdschloss unternahmen. Gerade kamen ein paar Seniorinnen aus dem Haupteingang und unterhielten sich lautstark über die Führung durch die Gemäldegalerie. Auf der gepflegten Rasenfläche rund um das alte Gebäude saßen Pärchen und Familien auf Picknickdecken. Zwei Kinder spielten Federball und im Park flanierten Spaziergänger.

Amadeus blieb stehen. Er war sehr blass und blinzelte nervös.

»Alles in Ordnung?«, fragte Marie.

»Ich ... weiß nicht.« Er schien in sich hineinzuhorchen. »Das Jagdschloss Buchenburg wurde von 1732 bis 1741 im Auftrag des Kurfürsten Friedrich Magnus III. gebaut. Der Kurfürst hielt hier kleinere und größere Jagdgesellschaften ab, um sich von seinen Regierungsgeschäften zu erholen. Das barocke Schloss ist dreigeschossig und wurde aus Backstein errichtet.«

Die drei !!! starrten ihn verblüfft an.

»Woher weißt du das alles?«, fragte Franzi.

Amadeus zuckte mit den Schultern. »Keine Ahnung. Es war plötzlich in meinem Kopf.«

»Vielleicht hast du ja mal was über das Schloss gelesen«, vermutete Kim.

»Das Hauptgebäude hat acht Ecken und die Form eines Kreuzes«, erklärte Amadeus weiter. »Darin befinden sich die Gesellschaftsräume und Salons sowie die privaten Schlaf- und Wohngemächer des Kurfürsten. Auf dem weitläufigen Gelände gibt es außerdem mehrere Wirtschaftsgebäude, Gästehäuser, Pferdeställe und eine kleine Schlosskapelle.«

»Klingt eher nach einem perfekt ausgearbeiteten Referat«, meinte Franzi.

»Kommt mit!« Amadeus lief mit großen Schritten los.

»He, wo willst du hin?«, rief Marie, aber er reagierte nicht. Es war, als würde er von einem starken Magneten angezogen.

Die Detektivinnen folgten ihm über die Rasenfläche zu einem schmalen Weg, der in die Parkanlage führte.

»Suchen wir jetzt den rülpsenden Drachen?«, fragte Finn, der neben Marie herhüpfte.

»Du kannst ja mal nach ihm Ausschau halten. Vielleicht versteckt er sich irgendwo.«

»Hier geht es zur Kapelle.« Amadeus zeigte auf einen Kiesweg, der rechts abzweigte. »Dort wurde Friedrich Magnus III. 1755 vermählt. Leider starb seine Frau nur drei Jahre später im Kindbett. Ihr gemeinsamer Sohn Friedrich Georg I. entging nur knapp dem Tod durch eine Lungenentzündung.« Er bog nach links ab.

»Wieso kennt Amadeus sich hier eigentlich so gut aus?«, fragte Franzi leise.

»Er muss öfter hier gewesen sein«, vermutete Marie.

»Oder er hat gründlich über das Schloss und den Park recherchiert«, sagte Kim. »Vielleicht studiert er ja Architektur.«

»Oder Geschichte«, meinte Franzi.

»Auch möglich.« Kim seufzte. »Aber das sind leider alles nur Vermutungen.«

Amadeus ging immer weiter und bog mehrmals ab, ohne ein einziges Mal zu zögern. Sie gelangten tiefer in den Park, dessen

sorgfältig gestutzte Hecken und Büsche allmählich von wildem Gestrüpp und hohen Bäumen abgelöst wurden.
»Wo bringst du uns hin?« Marie sah sich beunruhigt um. Sie hatte keine Ahnung, wo sie sich befanden, und war sich keineswegs sicher, ob sie den Rückweg zum Schloss finden würde.
»Wir sind gleich da.« Amadeus ließ sich nicht beirren. Zielsicher ging er voran, bis der Weg auf einer kleinen Lichtung endete. Zwischen saftig grünem Gras und bunten Wiesenblumen erhob sich ein alter, etwas baufälliger Pavillon. Sein spitzes Dach wurde von mehreren Säulen getragen, die früher einmal weiß gewesen sein mussten. Inzwischen war die Farbe verblasst und wirkte eher grau.
»Wow!«, entfuhr es Marie. »Wie romantisch!«
»Der Gartenpavillon wurde extra an einer versteckten Stelle im Park gebaut, damit der Kurfürst und seine Gäste hier ungestört Zeit mit ihren Mätressen verbringen konnten«, erklärte Amadeus.
»Was ist eine Mätresse?«, fragte Franzi.
»So hat man früher die Geliebte eines Königs oder Fürsten genannt«, erklärte Kim.
Während Finn über die Lichtung rannte und hinter jedem Busch nach dem Drachen suchte, ging Amadeus langsam auf den Pavillon zu.
»Hier war ich schon mal«, sagte er. »Ganz sicher!«
»Wann?«, fragte Kim. »Mit wem?«
»Das weiß ich nicht.« Amadeus fuhr über das morsche Holzgeländer. »Aber es ist alles so vertraut ... als würde ich nach Hause kommen.«
Marie horchte auf. »Du meinst, du wohnst hier?«

Franzi schüttelte den Kopf. »Das Schloss ist ein Museum. Hier hat zuletzt irgendein Nachfahre des Kurfürsten gewohnt, aber das ist ewig her.«
Amadeus ging die Stufen zum Pavillon hinauf. Erst jetzt bemerkte Marie einen großen Gegenstand im Schatten der Säulen. Er war mit einer dunklen Plane abgedeckt. Amadeus schlug die Plane zur Seite und Marie traute ihren Augen kaum.
»Ein Klavier!«, rief Kim überrascht.
»Besser gesagt, ein Flügel«, stellte Franzi fachmännisch fest.
Amadeus setzte sich an den Flügel und begann zu spielen. Es war dieselbe Melodie wie im Krankenhaus. Süß und wehmütig, traurig und tröstlich zugleich. Wieder schnürte es Marie die Kehle zusammen und sie spürte einen Stich im Herzen. Auch Kim und Franzi lauschten fasziniert. Wie schaffte es Amadeus, seine Zuhörer derart in seinen Bann zu ziehen? Es war, als hätten die Töne magische Kräfte.
Plötzlich endete die Musik mit einem jähen Missklang. Amadeus verzog das Gesicht, als hätte er starke Schmerzen.
Die Detektivinnen waren sofort bei ihm.
»Geht es dir schlechter?«, fragte Franzi besorgt. »Sollen wir einen Krankenwagen rufen?«
»Nein, ist schon in Ordnung. Ich ... gerade ist ein Bild in meinem Kopf aufgetaucht. Es war so unglaublich real ...«
»Was hast du gesehen?«, wollte Marie wissen.
»Ich war hier. Auf dieser Lichtung. Ich hab am Klavier gesessen und gespielt, so wie eben. Die Wiese war voller Menschen. Sie haben getanzt.«
»Was für Menschen?« Kim holte ihr Detektivtagebuch hervor und machte sich Notizen. »Kanntest du sie?«

»Nein, ich glaube nicht. Sie ... sie trugen so seltsame Klamotten. Die Frauen hatten lange, wallende Kleider an und die Männer Kniebundhosen und weiße Perücken.«

»Klingt wie eine Szene aus einem Kostümfilm«, sagte Franzi.

»Sie haben Menuett getanzt«, erzählte Amadeus weiter.

Kim ließ den Stift sinken. »Woher weißt du das? Kannst du etwa Menuett tanzen?«

»Ich glaub schon.« Amadeus stand auf, griff nach Maries Hand und führte sie in die Mitte des Pavillons. Er machte ein paar Tanzschritte und schien im Gegensatz zu Marie genau zu wissen, was er tat. »Menuett tanzt man im Dreivierteltakt«, erklärte er. »Es ist ein alter höfischer Gesellschaftstanz, der im 17. und 18. Jahrhundert sehr beliebt war.«

Er hielt Marie immer noch an einer Hand, beide hatten die Arme ausgestreckt und Amadeus machte zierliche, kleine Schritte. Seltsamerweise sah das kein bisschen lächerlich aus, obwohl er Jeans und Turnschuhe trug und damit nicht wirklich wie ein Adliger aus dem 17. Jahrhundert aussah.

Plötzlich ertönte ein helles Kichern und Marie ließ Amadeus' Hand los.

»Finn?«, rief sie. »Wo steckst du?«

»Hier!« Finn tauchte unterhalb des Geländers auf. »Was macht ihr da? Das sieht lustig aus!«

»Wir probieren nur was aus«, sagte Marie. »Du läufst nicht weg, hörst du?«

»Wann fahren wir nach Hause?«

»Bald. Such noch ein bisschen nach dem Drachen, okay?«

»Der ist nicht hier.« Finn schnaubte missmutig. »Außerdem hab ich Hunger.«

»Moment!« Marie griff nach ihrer Tasche und wühlte darin herum. Sie zog Finns Lieblingskekse, seine mit Wasser gefüllte Trinkflasche und eine Dose mit Möhren- und Apfelstücken hervor. »Mach doch auf der Wiese ein kleines Picknick.«

Finns Augen leuchteten auf. »Toll, danke!« Zufrieden zog er ab und ließ sich mitten auf der Wiese nieder.

»Ich könnte jetzt auch was zu essen vertragen.« Kim warf einen sehnsüchtigen Blick zu Finn und, wie Marie vermutete, besonders zu den Schokokeksen hinüber.

»Später.« Marie war gerade ein Gedanke gekommen. »Ich muss nur schnell was recherchieren.« Sie nahm ihr Handy, ging ins Internet und gab verschiedene Wörter in die Suchmaschine ein.

»Was machst du da?«, fragte Franzi.

»Ich prüfe die Infos über das Schloss.« Marie überflog die aufgerufene Seite und nickte zufrieden. »Es stimmt alles, was Amadeus erzählt hat. Das Jagdschloss Buchenburg wurde 1741 fertiggestellt. Zu der Zeit war auch das Menuetttanzen sehr beliebt und die Adligen trugen weiße Perücken und Kniebundhosen. Moment mal …«

»Was?«, fragte Kim.

»Der Sohn des Kurfürsten …« Marie scrollte weiter. »Dieser Friedrich Georg I. Hier steht, dass er eigentlich die Nachfolge seines Vaters antreten sollte. Er hat aber abgedankt, weil er lieber Musiker werden wollte. Angeblich war er ein begnadeter Pianist und Komponist und hat viele Konzerte hier im Schloss und anderswo gegeben. Er soll sogar ein entfernter Cousin von Wolfgang Amadeus Mozart gewesen sein.«

»Bist du sicher?« Amadeus runzelte die Stirn.

»In der Gemäldegalerie des Schlosses hängt ein Bild von Friedrich Georg.« Marie steckte ihr Handy ein. »Das sollten wir uns ansehen.«
»Wozu?«, fragte Franzi.
»Ich hab so ein komisches Gefühl.« Es fiel Marie schwer, ihren Verdacht in Worte zu fassen. »Das Schloss, das Menuetttanzen, die Menschen in altmodischen Kleidern, Mozart … alles weist auf das 18. Jahrhundert hin. Keine Ahnung, wie das zusammenhängt. Aber es scheint wichtig zu sein.«
»Wo wir schon mal hier sind, können wir uns auch die Gemäldegalerie anschauen«, beschloss Kim.
Franzi stöhnte. »Ich hasse alte Bilder!«
»Du wirst es überleben.« Marie grinste.
Sie holte Finn, der bereits die halbe Kekspackung aufgefuttert, Äpfel und Möhren hingegen nicht angerührt hatte. Dann machten sie sich auf den Rückweg zum Schloss.

»Ich will keine Bilder angucken«, maulte Finn, als sie die Gemäldegalerie betraten. »Die sind langweilig und doof.« Er streckte einem älteren Herrn mit weißer Perücke und Dreispitzhut, der streng aus einem Ölgemälde herabblickte, die Zunge heraus.
»Es dauert ja nicht lange.« Marie seufzte. Sie hätte nicht gedacht, dass es so anstrengend war, auf Finn aufzupassen und sich gleichzeitig auf die Ermittlungen zu konzentrieren. Allmählich fühlte sie sich ziemlich gestresst.
»Ich kann dich gut verstehen, Finn«, sagte Franzi. »Für mich sind diese alten Ölschinken auch nichts. Total düster und die Leute sehen alle so schlecht gelaunt aus.«

»Wo hängt denn nun dieser Friedrich Georg?« Kim blätterte in einem Faltblatt, das sie am Eingang bekommen hatte. »Dort drüben muss es sein!«
Sie gingen den Gang hinunter und blieben vor einem großen Gemälde in einem prachtvollen Goldrahmen stehen.
»Moment mal«, murmelte Kim. »Das ist doch ... das kann doch nicht ...« Sie verstummte.
Auch Marie verschlug es für einen Moment die Sprache. Sie war auf alles Mögliche gefasst gewesen, aber nicht auf diesen Anblick.
Finn zupfte Amadeus am Ärmel. »Bist du das?« Er zeigte auf das Gemälde.
»Ich weiß es nicht.« Amadeus' Stimme klang heiser. Er starrte das Bild an. Und den jungen Mann darauf, der ihm so unglaublich ähnlich sah.

Rätsel der Vergangenheit

»Das gibt's nicht!« Amadeus saß kopfschüttelnd im Bus und war immer noch völlig fassungslos. »Es ist einfach unmöglich! Wieso sieht dieser Typ genauso aus wie ich? Oder ich wie er?«
»Das ist wirklich seltsam«, stellte Franzi fest. »Wenn dieser Friedrich Georg nicht vor über zweihundert Jahren gelebt hätte, würde ich glatt sagen, ihr seid Zwillinge.«
Ein Zwillingsbruder, der seit zweihundert Jahren tot war ... Marie schauderte es bei dem Gedanken. Das war echt gruselig!
»Ich bin fix und fertig. Vielleicht hab ich mich doch etwas übernommen.« Amadeus lehnte sich zurück und schloss die Augen.
»Mach dir keine Sorgen«, sagte Marie. »Wir finden schon noch heraus, wie das alles zusammenhängt.«
Finn war auf ihrem Schoß eingeschlafen, den Bauch voller Schokokekse und auf dem Gesicht ein zufriedenes Lächeln, weil Marie ihm im Museums-Café noch ein Eis am Stiel spendiert hatte.
In Maries Tasche summte es. Ihr Handy! Sie zog es hervor und warf einen Blick aufs Display. Eine Nachricht von Sue. Finn bewegte sich auf Maries Schoß und murmelte etwas im Schlaf. Schnell steckte sie das Handy ein und strich ihrem Bruder beruhigend über das Haar. Die Nachricht konnte sie auch später noch lesen.
Während der restlichen Busfahrt hingen alle ihren Gedanken nach und es wurde nicht viel geredet.
Marie fuhr mit dem schlafenden Finn direkt ins Ostviertel.

Kim und Franzi stiegen mit Amadeus am Krankenhaus aus, um ihn bis auf die Station zu begleiten. Amadeus fand das zwar völlig übertrieben, aber die Detektivinnen wollten sichergehen, dass er gut ankam.

Eine halbe Stunde später trafen die drei !!! in der alten Villa wieder zusammen, um eine Clubsitzung abzuhalten und die Ereignisse des Tages zu besprechen.

Marie führte ihre Freundinnen auf die Terrasse, wo sie in der Zwischenzeit einen kleinen Imbiss bereitgestellt hatte. Schließlich waren sie den ganzen Vormittag unterwegs gewesen und hatten das Mittagessen verpasst. Marie hatte im Bus zwar die Dose mit den Äpfeln und Möhren herumgereicht, aber davon waren sie nicht wirklich satt geworden.

»Schokocroissants, Brezeln und Apfelkuchen – lecker!« Kims Augen leuchteten. »Das ist jetzt genau das Richtige.«

Franzi nickte. »Ich hab so einen Hunger, dass ich gar nicht mehr klar denken kann.«

»Finn und ich haben auf dem Rückweg von der Bushaltestelle schnell noch beim Bäcker vorbeigeschaut. Greift zu!« Marie verteilte Teller, Gabeln und Gläser und schenkte sich und ihren Freundinnen Apfelschorle ein.

Tessa, Helmut und Lina waren noch unterwegs. Finn war nach seinem Schläfchen im Bus wieder fit und spielte im Garten mit Feuereifer ein Spiel, bei dem es um einen Ritter, einen rülpsenden Drachen und eine Prinzessin ging.

»Meine Geschichte scheint den Kleinen ja schwer beeindruckt zu haben.« Kim beobachtete grinsend, wie Finn gegen einen imaginären Drachen kämpfte.

»Allerdings.« Marie nahm sich eine Brezel. »Ich musste versprechen, ihm demnächst einen Ritterhelm und einen Schild zu basteln.«

Franzi trank einen Schluck Schorle. »Der arme Amadeus war ganz schön durcheinander.«

»Kein Wunder.« Kim griff nach einem Schokocroissant. »Ich wäre auch fertig mit den Nerven, wenn ich entdecken würde, dass ich einen Doppelgänger aus dem 18. Jahrhundert habe.«

»Unser Ausflug heute war ziemlich aufschlussreich«, stellte Marie fest. »Amadeus scheint Experte für das 18. Jahrhundert zu sein. Und er kennt Schloss Buchenburg samt der Parkanlage wie seine Westentasche.«

»Ich sag's ja, Geschichtsstudent«, meinte Franzi. Sie nahm sich eine Brezel und biss hungrig hinein.

»Das erklärt aber nicht, warum er dem Sohn des Kurfürsten so ähnlich sieht«, sagte Kim.

Marie dachte angestrengt nach. Verschiedene Bilder blitzten in ihrem Kopf auf. Amadeus am Klavier, völlig versunken in seine Musik. Amadeus, der ihr einen perfekten Handkuss gab. Die seltsam altertümliche Sprache, die er manchmal benutzte. Die Selbstverständlichkeit, mit der er sich auf dem Schlossgelände bewegte. Als wäre er dort zu Hause …

»Erde an Marie!«, rief Franzi und wedelte mit der Hand vor ihrem Gesicht herum. »Hörst du mir überhaupt zu?«

Marie zuckte zusammen. »Sorry, ich war gerade ganz woanders.« Sie fuhr sich nervös mit der Zungenspitze über die Lippen. Ein völlig verrückter Gedanke hatte in ihrem Kopf Gestalt angenommen. Sie zögerte einen Moment, bevor sie ihn schließlich aussprach. »Was, wenn Amadeus aus der Vergangenheit kommt?«

Franzi und Kim starrten sie verblüfft an.

»Wie bitte?«, fragte Franzi.

»Was, wenn Amadeus wirklich im 18. Jahrhundert gelebt hat?« Marie sah ihre Freundin an. »Es passt alles zusammen! Er spielt super Klavier, kann Menuett tanzen, beherrscht einen perfekten Handkuss, sieht aus wie der Sohn des Kurfürsten und kennt sich auf dem Gelände des Schlosses aus, als würde er dort wohnen. Außerdem redet er manchmal so altertümlich.«

Kim nickte langsam. »Stimmt, das ist mir auch aufgefallen.«

»Du meinst, Amadeus ist in Wirklichkeit Friedrich Georg I.?« Franzi schüttelte den Kopf. »Das ist nicht dein Ernst, oder? So verrückt kannst nicht mal du sein, Marie Grevenbroich!«

»Wieso?«, verteidigte sich Marie. »Das wäre die perfekte Erklärung!«

»Es gibt da nur einen klitzekleinen Haken«, bemerkte Kim. »Es ist wissenschaftlich unmöglich, durch die Zeit zu reisen. So was passiert bloß in Büchern oder Filmen.«

»Vielleicht ist er ja nicht wirklich durch die Zeit gereist.« Marie überlegte. »Was, wenn Amadeus so eine Art Reinkarnation dieses Friedrich Georg ist?«

»Was soll denn das schon wieder heißen?«, fragte Franzi.

»Na ja, es könnte doch sein, dass die Seele des Kurfürstensohnes in Amadeus' Körper wiedergeboren wurde«, erklärte Marie. »Oder Amadeus war in einem früheren Leben Friedrich Georg I. Durch die Amnesie sind die verschütteten Erinnerungen an diese Zeit wieder hochgekommen.«

»Quatsch!«, sagte Franzi unverblümt. »Ganz ehrlich, das ist der größte Unsinn, den ich je gehört habe. Seelenwanderung und frühere Leben – so was gibt's nicht.«

»Sehe ich genauso.« Kim warf Marie einen entschuldigenden Blick zu. »Du weißt, dass ich nicht an solche Dinge glaube.«

Marie seufzte. Leider war sie die Einzige der drei, die etwas mit Tarot, Orakeln, Geistererscheinungen und anderen übersinnlichen Dingen anfangen konnte. Franzi und Kim waren für diese Welt einfach nicht offen genug. Dabei gab es so viel zwischen Himmel und Erde, was sich allein mit dem Verstand nicht erklären ließ.

»Ich finde, wir sollten lieber unsere erste Spur weiterverfolgen«, sagte Franzi. »Marla und Sue behaupten zwar, sie wären Amadeus nicht in die Bucht gefolgt, aber dafür gibt es keine Beweise. Vielleicht haben sie gelogen, um uns so schnell wie möglich loszuwerden.«

»Stimmt.« Kim trank einen Schluck Schorle. »Wie wär's, wenn wir Marla und ihre Freunde observieren?«

»Wartet mal!« Marie fiel etwas ein. »Ich hab vorhin eine Nachricht von Sue bekommen, aber ich hatte noch keine Zeit, sie zu lesen.« Sie nahm ihr Handy und öffnete die Nachricht.

»Ist ihr noch etwas eingefallen?«, fragte Franzi.

»Allerdings. Sie hat mir ein Video geschickt, das sie am 1. Mai am See gemacht hat. Angeblich soll es sie und ihre Freunde entlasten.«

»Zeig mal her.« Kim beugte sich neugierig vor.

»Darf ich auch ein Schokocroissant?« Finn war neben Marie aufgetaucht und streckte die Hand aus.

»Du hast heute schon jede Menge Schokokekse gefuttert«,

sagte Marie. »Nimm dir lieber eine Brezel, sonst kriegst du noch Bauchweh, okay?«

»Na gut.« Finn schnappte sich eine Brezel und verschwand wieder im Garten.

Marie hielt ihr Smartphone so, dass Kim und Franzi auf das Display schauen konnten, und startete den Film.

»Das ist der See«, stellte Franzi fest.

Marie nickte. »Ja, genau.«

Die Aufnahme war etwas verwackelt, aber im Hintergrund war eindeutig der See zu erkennen. Vorne lagen Marla und ein paar andere Jugendliche in Badesachen in der Sonne. Marla ließ sich gerade von Sammi den Rücken eincremen.

Sues Stimme ertönte aus dem Off. »Hey, Leute, sollen wir mal ins Wasser gehen?«

»Bist du verrückt?«, antwortete Marla schläfrig. »Dann kann ich mich ja gleich noch mal eincremen lassen.«

»Komm schon!« Sue ließ nicht locker. »Ist doch öde, hier nur abzuhängen und nichts zu machen.«

Sammi und ein Junge mit dunklen Dreadlocks verständigten sich mit vielsagenden Blicken.

»Was haben die beiden vor?«, murmelte Kim. »Die planen doch irgendwas …«

Während Sue immer noch filmte, sprangen die Jungs plötzlich auf. Sammi fasste Marlas Beine, sein Kumpel griff nach ihren Armen und sie hoben sie gleichzeitig hoch.

»He, was soll das? Lasst mich sofort los, ihr Idioten!«, kreischte Marla.

Aber die Jungs ließen sich davon nicht im Geringsten beeindrucken. Sie trugen die wild zappelnde Marla zum Ufer, wate-

ten ein paar Schritte ins Wasser und warfen sie mit Schwung in den See.
Sue und die anderen lachten. Kurze Zeit später tauchte Marla wieder auf. Sie prustete und wischte sich eine grüne Alge aus dem Gesicht. »Ihr Penner!«, schimpfte sie. »Ihr habt sie ja nicht mehr alle!«
Sammi und sein Freund grinsten um die Wette.
»Reg dich nicht auf«, rief Sammi. »Ich crem dich gerne gleich noch mal ein.«
»Vergiss es!« Marla kam ans Ufer und spritzte die Jungs und den Rest der Clique nass. Sofort begann eine wilde Wasserschlacht. Alle außer Sue, die immer noch filmte, tobten im seichten Wasser herum, tauchten sich gegenseitig unter und bewarfen sich kichernd mit Algen.
»Die sind ja schlimmer als Finn und seine Kindergartenfreunde«, sagte Marie mit hochgezogenen Augenbrauen.
Etwas später kamen Marla, Sammi und die anderen keuchend aus dem Wasser und ließen sich klitschnass auf ihre Handtücher fallen.
»Hey, hier ist ja noch jemand trocken!« Sammi näherte sich der Kamera. »Du wolltest doch unbedingt baden, oder?«
»Ja, aber nicht mit dir«, gab Sue zurück.
»Das Leben ist kein Wunschkonzert.« Sammi streckte den Arm aus. Das Bild wackelte, man sah ein paar nackte Füße mit dunkelblau lackierten Zehennägeln im Sand, dann endete der Film abrupt.
»Sieht ganz so aus, als wäre Sue auch noch nass geworden«, stellte Kim fest.
»Ich kapier nicht, warum sie uns das Video geschickt hat.«

Franzi schenkte sich Apfelschorle nach und trank einen großen Schluck. »Das hat doch überhaupt nichts mit Amadeus zu tun.«

»Indirekt schon.« Marie zeigte auf die Zeitanzeige am unteren Rand des Displays. »Der Film wurde genau in dem Zeitraum aufgenommen, in dem Amadeus am See niedergeschlagen worden sein muss.«

»Das heißt, die Clique hat ein Alibi.« Kim seufzte. »Damit hat sich die Observierung erledigt.«

»Ich kann mir Amadeus total gut in Kniebundhosen und mit weißer Perücke vorstellen«, sagte Marie verträumt. »Irgendwie passt er vom Typ her perfekt ins 18. Jahrhundert.«

Franzi stöhnte. »Hör auf damit, Marie! Amadeus ist weder ein Zeitreisender noch ein Menuett tanzender Adliger, der in einem Schloss wohnt. Er ist ein ganz normaler Junge aus dem 21. Jahrhundert.«

»Die Clique und das Jagdschloss waren eine Sackgasse«, fasste Kim zusammen. »Aber wir haben ja zum Glück noch eine Spur.« Sie zog den Kassenbon hervor, den sie im Krankenhaus eingesteckt hatte.

»Stimmt!« Marie nickte. »Den zweiten Zettel aus Amadeus' Hosentasche hatte ich fast vergessen.«

Kim legte den Kassenbon auf den Terrassentisch. Er war ziemlich zerknittert und die Schrift war verblasst. »Könnt ihr das lesen?«

»Wartet mal ...« Franzi beugte sich vor und kniff die Augen zusammen. »Ich glaube, das heißt *Music Store*. Sieht so aus, als hätte Amadeus dort ein paar CDs gekauft.«

Der *Music Store* war ein großes Musikgeschäft in der Innenstadt, in dem auch die drei Detektivinnen hin und wieder gerne einkauften.

»Schade, dass nicht dabeisteht, was für welche«, sagte Marie. Statt der Titel waren nur der Preis und eine lange Zahlenfolge, wahrscheinlich die Artikelnummer, angegeben. »Aber der Bon ist erst eine Woche alt.« Sie zeigte auf das Datum.

»Das ist sehr gut«, sagte Kim zufrieden. »Mit etwas Glück erinnert sich dort noch jemand an Amadeus. Am besten fahren wir so schnell wie möglich zum *Music Store* und befragen die Angestellten.«

Im Haus schlug eine Tür zu. Kurze Zeit später trat Tessa auf die Terrasse. »Hallo, ihr drei! Alles gut bei euch?«

Marie nickte. »Bestens. Finn spielt im Garten.« Sie zeigte auf ein heftig wackelndes Gebüsch, hinter dem ihr kleiner Bruder wahrscheinlich gerade den ängstlichen Ritter vor dem Drachen rettete. »Hast du viele T-Shirts verkauft?«

»Der Stand war den ganzen Tag super besucht.« Tessa ließ sich auf einen Gartenstuhl fallen. »Die Kunden haben mir die T-Shirts förmlich aus den Händen gerissen. Ich sag's euch, ich bin fix und fertig!« Sie griff nach einer Brezel und biss hinein. »War Finn brav?«

»Meistens«, antwortete Marie ausweichend. »Wir haben einen kleinen Ausflug gemacht. Das hat ihm gefallen, glaube ich.« Dass sich Finn im Krankenhaus kurz selbstständig gemacht hatte, behielt sie lieber für sich.

»Vielen Dank noch mal fürs Babysitten.« Tessa lächelte Marie zu. »Das war wirklich eine große Hilfe.«

»Gern geschehen.« Marie stand auf. »Wir müssen noch mal los. Zum Abendessen bin ich zurück, okay?«

»Alles klar.« Tessa legte mit einem Seufzer die Füße auf den frei gewordenen Stuhl. »Also, ich gehe heute keinen Schritt mehr. Meine Beine tun so weh, als wäre ich einen Marathon gelaufen.«

Marie grinste. »Mal sehen, was Finn dazu sagt. Wenn er dich sieht, will er garantiert mit dir Fangen spielen.«

Tessa stöhnte. »Bloß nicht!«

Die Detektivinnen ließen Tessa auf der Terrasse zurück und machten sich auf den Weg in die Innenstadt.

Alles ganz anders?

»Puh, gerade noch rechtzeitig!« Marie schob ihr Fahrrad vor dem *Music Store* in einen Fahrradständer und schloss ab. »In einer halben Stunde macht der Laden zu.«

»Das müsste reichen«, meinte Kim. »Sonst kommen wir nächste Woche noch mal wieder.«

Die drei !!! betraten das Geschäft, das auf mehreren Ebenen Musikanlagen, Lautsprecherboxen, Kopfhörer, MP3-Player, CDs, Schallplatten und alles, was sonst noch mit Musik zu tun hatte, verkaufte. Ein paar Kunden bezahlten gerade ihre Einkäufe an der Kasse, ansonsten war nicht mehr viel los. Zwei Verkäuferinnen standen etwas gelangweilt neben einem Grabbeltisch mit reduzierten CDs und unterhielten sich über ihre Wochenendplanung.

Marie ging direkt auf die beiden zu. »Entschuldigen Sie bitte, ich habe eine Frage.« Sie zog den Kassenzettel hervor. »Können Sie mir sagen, welche Artikel das hier auf dem Bon sind?«

»Natürlich, ich muss die Nummern nur in unser Kassensystem eingeben.« Eine der Verkäuferinnen ging zur Kasse und tippte die Zahlen ein. »Das sind drei CDs. Da hätten wir ›T.N.T.‹ von *AC/DC*, ›Death Magnetic‹ von *Metallica* und ›For All Kings‹ von *Anthrax*.«

Die Detektivinnen wechselten einen Blick.

»Alles Metal- oder Hardrock-Bands«, stellte Marie fest. Sie selbst bevorzugte ihre Lieblingsband *Boyzzzz*, aber Holger und seine Parkouring-Freunde hörten manchmal auch gerne etwas härtere Musik.

»Passt irgendwie gar nicht zu Amadeus.« Franzi runzelte die Stirn. »Auf dem Klavier hat er doch ein klassisches Stück gespielt, oder?«
Marie zückte ihr Handy und zeigte der Frau das Foto von Amadeus. »Kennen Sie diesen Jungen?«.
Die Angestellte nickte. »Den hab ich schon mal gesehen. Der kommt ab und zu her und hört sich CDs an. Meistens irgendwelche Heavy-Metal-Bands.«
»Das passt zu den CDs auf dem Kassenbon«, sagte Kim.
»Wissen Sie zufällig, wie der Junge heißt?«, fragte Franzi.
Die Frau schüttelte den Kopf. »Ncin, da kann ich euch leider nicht weiterhelfen.« Sie winkte ihre Kollegin heran. »Komm mal her, Lisa! Kennst du den?«
Lisa warf einen Blick auf Maries Smartphone. »Klar! Der ist öfter hier.« Sie betrachtete das Bild genauer. »Ist das nicht der Typ, der letztens versucht hat, was zu klauen?«
»Wie bitte?« Marie meinte, sich verhört zu haben. »Das kann nicht sein!«
»Doch, ich bin mir ziemlich sicher.« Lisa strich sich eine hellblonde Haarsträhne hinters Ohr. »Fragt mal Herrn Claussen, der kann euch sicher mehr dazu sagen.«
»Peter Claussen ist unser Ladendetektiv«, erklärte die andere Verkäuferin. »Ich schau mal nach, ob er noch da ist.«
Sie verschwand durch eine Tür in den Personalräumen und kam kurze Zeit später mit einem hochgewachsenen Mann zurück, der die drei !!! durch seine randlose Brille aufmerksam ansah.
»Wir interessieren uns für diesen Jungen.« Marie zeigte ihm das Foto. »Kennen Sie ihn?«

»Warum wollt ihr das wissen?« Herr Claussen wirkte weder misstrauisch noch genervt, sondern einfach nur interessiert.
»Wir sind Detektivinnen.« Kim zückte eine Visitenkarte und reichte sie ihm.
»Aha, Kolleginnen also.« Peter Claussen lächelte. »Schön zu sehen, dass der Nachwuchs so aktiv ist. Warum seid ihr dem Jungen auf den Fersen? Hat er was ausgefressen?«
Marie entschied sich für die Wahrheit. »Er hat sein Gedächtnis verloren und wir versuchen, ihm zu helfen. Er hatte einen Kassenbon aus Ihrem Laden in seiner Hosentasche. Kennen Sie ihn? Wissen Sie vielleicht sogar, wie er heißt oder wo er wohnt?«
Der Ladendetektiv zögerte. »Eigentlich darf ich über meine Arbeit ja nicht reden ... Aber ich denke, in diesem Fall kann ich eine Ausnahme machen. Kommt mit.«
Er führte die drei !!! zu seinem Büro, das sich hinter einer unauffälligen Tür im rückwärtigen Teil des Ladens befand. Marie sah sich staunend um. Der Raum hatte kein Fenster, dafür war er voller Bildschirme, auf denen Aufnahmen aus den verschiedenen Bereichen des Ladens zu sehen waren.
»Unser Geschäft wird komplett von Kameras überwacht«, erklärte Herr Claussen. »So versuchen wir, Ladendieben auf die Spur zu kommen. Der Junge, für den ihr euch interessiert, hat schon mehrfach versucht, hier CDs zu klauen. Mindestens einmal ist es ihm auch gelungen.«
»Das gibt's doch nicht! Sind Sie sicher?« Marie konnte es immer noch nicht glauben.
»Ja. Ganz sicher.« Herrn Claussens Tonfall ließ keinen Zweifel zu.

»Haben Sie ihn erwischt?«, fragte Franzi. »Dann haben Sie doch bestimmt seine Personalien aufgenommen, oder?«
Der Ladendetektiv seufzte. »Leider ist er mir durch die Lappen gegangen. Ich hatte ihn schon länger auf dem Kieker, aber er hat sich ziemlich geschickt angestellt und sich immer so positioniert, dass er mit dem Rücken zur Kamera stand.«
»Und dann?«, fragte Kim.
»Als er das letzte Mal hier war, ist er unvorsichtig geworden. Ich hab über einen der Bildschirme gesehen, wie er eine CD unter seine Jacke gesteckt hat. Ich bin natürlich sofort raus und wollte ihn mir schnappen. Doch er war zu schnell. Er ist abgehauen.«
»Haben Sie ihn verfolgt?«, fragte Franzi.
Der Detektiv nickte. »Ich bin ihm ein Stück nachgelaufen, aber er hat mich abgehängt.«
»Vielleicht haben Sie ihn ja verwechselt«, sagte Marie. »Könnte doch sein, oder?«
Peter Claussen schüttelte den Kopf. »Ich vergesse niemals ein Gesicht.«
»Haben Sie die Aufnahme noch?«, fragte Kim.
»Möglicherweise wurde sie schon gelöscht.« Der Detektiv setzte sich an seinen Computer und gab einen Code ein. »Das gesamte Bildmaterial wird regelmäßig überspielt. Das ist Vorschrift, sonst würden wir Ärger mit dem Datenschutz bekommen. Wartet mal ... Hier ist sie ja!«
Franzi sah Herrn Claussen neugierig über die Schulter. »Dürfen wir die Aufnahme sehen?«
»Eigentlich nicht.« Der Detektiv trommelte unschlüssig mit den Fingerspitzen auf der Tischplatte. »Na gut, für euch ma-

che ich eine Ausnahme. Ihr seid schließlich Kolleginnen.« Er startete den kurzen Film.

Marie beugte sich vor. Die Aufnahme war schwarz-weiß und ziemlich pixelig. Trotzdem war Amadeus eindeutig zu erkennen. Seine halblangen Haare waren zu einem Pferdeschwanz gebunden und er stand vor einem CD-Regal. Nacheinander nahm er mehrere CDs heraus, betrachtete sie kurz und stellte sie wieder zurück. Marie wagte kaum zu blinzeln, um nichts zu verpassen.

»Da!«, zischte Franzi. »Habt ihr das gesehen?«

Marie nickte. Blitzschnell hatte Amadeus eine CD unter seiner Jeansjacke verschwinden lassen. Jetzt drehte er sich um und ging langsam zum Ausgang.

»Der wirkt ja total entspannt«, sagte Kim verblüfft. »Er scheint kein bisschen nervös oder ängstlich zu sein.«

»Ein Profi«, stellte der Detektiv fest. »Die haben Nerven wie Stahl. Das war garantiert nicht das erste Mal, dass der Junge geklaut hat.« Er stoppte den Film und drehte sich um. »Tut mir leid, dass ich keine besseren Nachrichten habe. Vielleicht hilft es euch ja trotzdem weiter.«

»Vielen Dank«, sagte Marie. »Wirklich nett, dass Sie mit uns zusammengearbeitet haben.«

Die Detektivinnen verabschiedeten sich und verließen den *Music Store*. Direkt hinter ihnen wurden die metallenen Rollgitter heruntergelassen. Für heute war Feierabend. Die Fußgängerzone hatte sich geleert. Aus den umliegenden Geschäften kamen die letzten Angestellten und traten den Weg ins Wochenende an. Vor der Eisdiele waren noch ein paar Tische besetzt, ansonsten herrschte friedliche Abendstimmung.

»Ich kann es immer noch nicht glauben.« Marie blieb neben den Fahrradständern stehen. »Amadeus ein Ladendieb – das gibt's doch nicht!«
»Die Fakten sprechen gegen ihn«, sagte Kim. »Leider. Ich wünschte, es wäre anders.«
»Und was heißt das jetzt für unsere Ermittlungen?«, fragte Franzi.
»Dass wir Amadeus völlig falsch eingeschätzt haben«, antwortete Kim. »Er ist nicht der nette, harmlose Typ, für den wir ihn gehalten haben.«
»Vielleicht hat er ja einen Doppelgänger«, murmelte Marie nicht besonders überzeugt.
Franzi schüttelte den Kopf. »Wir dürfen uns nichts vormachen. Amadeus ist ein Ladendieb. Das ist eine Tatsache.«
Es fiel Marie schwer, sich einzugestehen, dass sie sich so in Amadeus getäuscht hatte. Eigentlich war ihre Menschenkenntnis gar nicht so schlecht. Doch dieses Mal hatte sie keinerlei Verdacht geschöpft. Amadeus war ihr von Anfang an uneingeschränkt sympathisch gewesen. Hatte sie sich von seinem guten Aussehen blenden lassen? Oder von seiner zauberhaften Musik?
Kim machte ein nachdenkliches Gesicht. »Mir fällt da gerade etwas auf ...« Sie zögerte einen Moment. »Erst die Diebstähle am See ... und jetzt finden wir heraus, dass Amadeus CDs geklaut hat.«
»Du meinst ...«, begann Franzi.
Kim nickte. »Es könnte doch einen Zusammenhang zwischen den Diebstählen geben, oder?«
»Glaubst du etwa, Amadeus hat die Leute am See beklaut?«

Marie schüttelte empört den Kopf. »Nein. So etwas würde er nie tun!«
»Woher willst du das wissen?«, fragte Kim ruhig.
Marie schluckte. Im Grunde genommen kannten sie Amadeus überhaupt nicht. Sie wussten nichts über ihn. Außer, dass er wunderschön Klavier spielte …
»Vielleicht war alles ganz anders, als wir gedacht haben.« Franzis Augen funkelten aufgeregt. »Was, wenn nicht Amadeus bestohlen wurde, sondern er selbst der Dieb ist und eins seiner Opfer ihn auf frischer Tat ertappt hat?«
»Könnte sein.« Kim nickte. »Ein Seebesucher erwischt Amadeus beim Klauen, es kommt zum Streit, der Bestohlene wird wütend, schlägt Amadeus nieder und haut ab.«
»Wir haben aber keine Kampfspuren in der Bucht gefunden«, erwiderte Marie.
»Die könnte der Angreifer verwischt haben«, meinte Franzi.
»Wenn Amadeus sich nur erinnern könnte …« Marie seufzte frustriert.
»Vielleicht kann er sich ja erinnern«, sagte Kim.
Franzi runzelte die Stirn. »Wie meinst du das?«
»Vielleicht täuscht er seinen Gedächtnisverlust nur vor, weil er etwas zu verbergen hat.« Kim sah von Franzi zu Marie. »Wäre doch möglich, oder?«
»Glaubst du wirklich, er hat uns die ganze Zeit an der Nase herumgeführt?« Marie schüttelte den Kopf. Dieser Verdacht war so schrecklich, dass sie ihn am liebsten sofort wieder vergessen hätte. Aber das ging nicht. Kim hatte den Samen des Zweifels in ihren Kopf gepflanzt, wo er bereits anfing, Wurzeln zu schlagen und zu wachsen.

»Das Einzige, was wir mit Sicherheit wissen, ist, dass wir nichts mit Sicherheit wissen«, fasste Franzi zusammen.
»Verdammt!« Kim stampfte ärgerlich mit dem Fuß auf. »Das kann doch nicht sein! Wir ermitteln seit Tagen auf Hochtouren und kommen überhaupt nicht weiter.«
»Tut mir leid, aber ich muss das alles erst mal sacken lassen.« Marie schloss ihr Fahrrad auf und schob es aus dem Ständer. »Ich kann gerade nicht mehr klar denken.«
»Lasst uns morgen eine Ermittlungspause einlegen«, schlug Kim vor. »Wir können alle etwas Ruhe und Erholung gebrauchen. Montag machen wir dann mit voller Power weiter.«
Dagegen hatte niemand etwas einzuwenden.
Marie schwang sich auf ihr Rad. Es war ein langer, anstrengender Tag gewesen. Sie freute sich auf eine Wellnessdusche, eine erfrischende Gesichtsmaske und einen gemütlichen Abend auf dem Sofa.

Eine geheimnisvolle Melodie

»WAS soll ich gemacht haben?« Amadeus starrte die Detektivinnen entsetzt an.

Es war Montagnachmittag und die drei !!! hatten beschlossen, Amadeus ihre neusten Ermittlungsergebnisse nicht vorzuenthalten. Sie standen um sein Bett herum, in dem er in einem alten Schlabber-T-Shirt und einer Jeans von Stefan saß und einen der Krimis in der Hand hielt, die Kim ihm mitgebracht hatte.

»Wir hätten gerne bessere Nachrichten für dich«, sagte Marie entschuldigend. »Aber es ist leider kein Zweifel möglich. Auf den Aufnahmen der Überwachungskamera ist eindeutig zu sehen, wie du eine CD klaust.«

Amadeus schüttelte den Kopf. »Ich fass es einfach nicht! Warum sollte ich so etwas tun?«

»Wir hatten gehofft, du könntest uns das sagen.« Kim ließ Amadeus nicht aus den Augen.

Es dauerte einen Moment, bis er die tiefere Bedeutung ihrer Worte begriff. »Hey, glaubt ihr etwa, ich tu nur so, als ob ich mich an nichts erinnere?«

Marie sah betreten zur Seite. Armer Amadeus! Er tat ihr leid. Wahrscheinlich fühlte er sich gerade vollkommen verlassen. Er hatte ihnen vertraut. Doch statt ihm zu helfen, fielen sie ihm in den Rücken und bezichtigten ihn der Lüge.

»Wir haben diese Möglichkeit tatsächlich in Erwägung gezogen«, gab Kim zu. Ihr schien dieses Gespräch ebenfalls nicht leichtzufallen.

Seufzend stieß Amadeus die Luft aus. »Okay. Ich kann das verstehen. Wahrscheinlich müsst ihr in alle Richtungen ermitteln, oder?«
Franzi nickte. »Sonst wären wir keine guten Detektivinnen.«
»Was soll ich denn jetzt machen?« Amadeus hob hilflos die Arme. »Ich erinnere mich wirklich an nichts. Darum kann ich auch nichts zu diesem CD-Diebstahl sagen. Glaubt mir, ich wüsste selbst gern, warum ich das getan habe.« Er vergrub das Gesicht in den Händen.
»Ich glaube dir.« Marie legte ihm die Hand auf die Schulter. Kim und Franzi nickten.
»Wir glauben dir alle«, fügte Franzi hinzu.
»Wirklich?« Amadeus sah auf. In seinem Blick lag wieder etwas Hoffnung. »Ihr lasst mich nicht hängen?«
Marie schüttelte den Kopf. »Auf keinen Fall! Wir finden heraus, warum du das getan hast. Vielleicht gibt es ja eine ganz einfache Erklärung.«
Es klopfte kurz und eine Krankenschwester streckte den Kopf zur Tür herein. »Gleich hast du den Termin bei deiner Psychologin, Amadeus.«
Amadeus nickte. »Ich weiß. Vielen Dank, Schwester Agnes.« Er rieb sich die geröteten Augen und Marie fiel auf, wie müde er aussah. »Jeden Tag gibt es neue psychologische Tests und Untersuchungen. Aber nie kommt etwas dabei heraus. Langsam hab ich echt keine Lust mehr.«
»Wie lange musst du denn noch im Krankenhaus bleiben?«, fragte Franzi.
»Doktor Meinardus meint, wenn alles gut läuft, kann ich in ein paar Tagen entlassen werden.«

»Das ist doch toll!«, freute sich Marie.
Amadeus zuckte mit den Schultern. »Ich würde eigentlich lieber noch hierbleiben. Ich hab ja kein Zuhause, das auf mich wartet.«
»Irgendwo hast du ein Zuhause«, sagte Marie. »Wir müssen es nur finden.«
»Wo wirst du denn wohnen, wenn du aus dem Krankenhaus kommst?«, wollte Kim wissen.
»Das ist noch nicht ganz sicher.« Amadeus rutschte auf die Bettkante und angelte mit dem Fuß nach einem Turnschuh. »Wahrscheinlich in einer betreuten Wohngruppe. Letzte Woche war der Sozialarbeiter hier, der sich um mich kümmern soll, solange meine Identität nicht geklärt ist. Ich hab ja kein Geld und besitze auch sonst nichts. Ich bin völlig mittellos! Die Krankenschwestern haben schon Geld und Klamotten für mich gesammelt.«
»Wie nett!«, sagte Franzi. »Ich könnte dir beim nächsten Mal noch ein paar Sachen von Stefan mitbringen, wenn du möchtest.«
»Danke, das ist lieb.« Amadeus lächelte ihr zu. »Sorry, aber ich muss jetzt los. Die Psychologin kann ziemlich ungemütlich werden, wenn man sie warten lässt.«
Während er sich die Turnschuhe zuband, summte er leise vor sich hin. Marie spitzte die Ohren. Es war wieder diese Melodie, die ihr so bekannt vorkam. Sie schloss die Augen und sang leise mit.
Plötzlich riss sie die Augen auf. »Ich hab's!«
»Was hast du?«, fragte Kim.
»Die Melodie! Gerade ist mir eingefallen, wo ich sie schon

mal gehört habe.« Marie grinste von einem Ohr zum anderen. Die Antwort war auf einmal da gewesen, als hätte eine gute Fee sie ihr ins Ohr geflüstert.

»Lässt du uns an deinem Wissen teilhaben, o weise Marie, oder sollen wir bis an unser Lebensende unwissend bleiben?«, fragte Franzi.

»Ihr müsstet sie eigentlich auch kennen.« Marie war viel zu aufgeregt, um auf Franzis spöttischen Tonfall einzugehen. Sie sang ihren Freundinnen die Melodie noch einmal vor.

Kim zuckte mit den Schultern. »Keine Ahnung.«

»Jetzt spuck's schon aus!« Franzis Geduldsfaden war wie immer ziemlich kurz.

»Das ist die Melodie, die das Glockenspiel am alten Stadttor dreimal täglich spielt«, verkündete Marie triumphierend.

»Stimmt!« Kim schlug sich mit der Hand gegen die Stirn.

Amadeus hatte das Gespräch der Detektivinnen stumm verfolgt. »Was bedeutet das?«

»Das kann alles Mögliche bedeuten«, meinte Franzi. »Wahrscheinlich bist du öfter beim alten Stadttor gewesen und hast dir die Melodie deshalb gemerkt.«

»Vielleicht wohnst du in der Nähe.« In Maries Magen kribbelte es und ihr Bauchgefühl sagte ihr, dass sie kurz vor dem Durchbruch standen.

»Oder du bist dort zur Schule gegangen«, sagte Kim. »In der Ecke gibt es ein Gymnasium und eine Berufsschule.«

»Am besten, wir fahren gleich mal hin und sehen uns ein bisschen um«, schlug Marie vor.

Amadeus stöhnte. »Mist, und ich hab diesen blöden Termin! Am liebsten würde ich ihn sausen lassen und mitkommen.«

»Auf keinen Fall!«, sagte Kim streng. »Deine Behandlung ist wichtiger. Wir erstatten dir sofort Bericht, falls wir was rausfinden, okay?«
Amadeus nickte wenig begeistert. »Na gut, von mir aus.«

Das alte Stadttor lag am Rand der Innenstadt. Früher war man nur durch dieses Tor in die Stadt gelangt, die von einer hohen Mauer gegen angreifende Feinde geschützt wurde. Die Mauer war schon vor langer Zeit eingestürzt und inzwischen komplett verschwunden, aber das alte Stadttor gab es immer noch. Als die Detektivinnen neben dem Tor von ihren Rädern stiegen, erklang gerade das Glockenspiel. Einige Töne hörten sich etwas schräg an, aber es war eindeutig die Melodie, die Amadeus gesummt hatte.
»Das muss einfach etwas zu bedeuten haben!« Marie sah sich suchend um.
Hinter dem Stadttor begann die Altstadt mit ihren verwinkelten Kopfsteinpflastergassen und den kleinen, windschiefen Häusern. Vor dem Tor befand sich eine große Kreuzung, die von neueren Gebäuden gesäumt wurde. Es gab ein Kino, einen Supermarkt und ein indisches Restaurant. Direkt hinter ihnen lag das Stadtmuseum.
»Ob Amadeus im Museum gejobbt hat?« Kim sah an der Fassade des Gebäudes hoch. »Das würde seine guten Geschichtskenntnisse erklären.«
»Ja, stimmt. Wir können dort mal nachfragen«, sagte Franzi. »Was ist denn das da?« Sie zeigte auf die gegenüberliegende Straßenseite.
Marie folgte ihrem Blick. Auf der anderen Seite der Kreuzung

lag ein ziemlich imposantes mehrstöckiges Gebäude im klassizistischen Stil. Es wirkte etwas düster, aber deshalb nicht weniger beeindruckend. »Das ist das Mozart-Konservatorium. Meine Gesangslehrerin gibt dort manchmal Seminare.«

»Ein Konservatorium?«, fragte Kim.

Marie nickte. »Dort kann man klassische Musik und Gesang studieren.« Sie riss die Augen auf. »Das ist es! Warum bin ich nicht gleich darauf gekommen? Ich wette, Amadeus ist Student am Mozart-Konservatorium. Deshalb spielt er so gut Klavier! Und das Glockenspiel hat sich ihm eingeprägt, weil er die Melodie jeden Tag mehrmals gehört hat.«

»Das würde passen«, sagte Franzi. »Aber Vermutungen reichen nicht. Wir brauchen Beweise!«

Kim überlegte. »Im Sekretariat des Konservatoriums können wir schlecht nachfragen. Wir wissen ja Amadeus' richtigen Namen nicht.«

»Wir gehen jetzt einfach da rein und zeigen jedem, den wir treffen, sein Foto«, schlug Marie vor. »Irgendwer muss ihn einfach wiedererkennen!«

»Einen Versuch wäre es wert«, meinte Franzi. »Außerdem hab ich auch keine bessere Idee.«

Die Detektivinnen überquerten die Kreuzung und betraten das Konservatorium durch den von zwei hohen Säulen eingerahmten, portalartigen Eingang. Sie postierten sich in der großen Halle und Marie zog ihr Smartphone hervor.

»Entschuldigung, habt ihr den schon mal gesehen?« Sie hielt zwei Studentinnen, die gerade vorbeikamen, das Display mit Amadeus' Foto hin.

»Kenn ich nicht.« Eins der Mädchen warf einen flüchtigen

Blick auf das Bild, zuckte mit den Schultern und ging mit ihrer Freundin weiter.

Auch bei den nächsten Studierenden hatten die Detektivinnen kein Glück. Die meisten schüttelten nur den Kopf, manche schauten gar nicht erst hin.

»Verdammt, so wird das nichts!«, schimpfte Franzi nach einer halben Stunde. »Ich fürchte, die Aktion ist Zeitverschwendung.«

»Fünf Minuten noch, okay?« Marie wollte nicht so schnell aufgeben. »Wenn wir dann immer noch nichts herausgefunden haben, überlegen wir uns etwas anderes.«

Sie ging auf eine junge Frau zu, die gerade aus einem Hörsaal kam, und stellte noch einmal dieselbe Frage.

»Zeig her.« Die Studentin betrachtete das Foto genauer. »Den hab ich schon mal gesehen. Kann sein, dass wir eine Vorlesung zusammen haben.«

»Weißt du, wie er heißt?« Marie hielt vor Aufregung den Atem an.

»Nein, tut mir leid, aber studiert der nicht Klavier bei Professor Meiwaldt?«

»Gut möglich.« Marie steckte das Handy ein. »Danke!«

»Hier muss es sein!« Marie betrat einen langen Korridor, von dem links und rechts Türen abgingen. Die Detektivinnen hatten sich bis zu den Büros der Dozenten durchgefragt, die im zweiten Stock des Konservatoriums lagen.

»Professor Meiwaldt! Ich hab ihn!« Kim blieb vor einer Tür stehen. Auf einem Schild standen die Sprechzeiten des Professors. »Mittwochs von drei bis halb fünf.«

»Heute ist Montag«, sagte Franzi. »Egal!« Sie klopfte.
»Herein!«, ertönte es von drinnen.
Franzi öffnete die Tür und die drei !!! betraten das Büro.
Der Professor saß an seinem Schreibtisch. Er war vielleicht Mitte fünfzig, hatte wirre graue Locken und trug eine schwarze Brille.
»Ja, bitte?« Er sah die Detektivinnen über den Rand seiner Brille fragend an.
»Entschuldigen Sie die Störung, Professor Meiwaldt. Wir suchen einen Ihrer Studenten.« Marie trat vor und hielt ihm ihr Handy hin.
Der Professor warf nur einen kurzen Blick auf das Foto. »Ah, Benno Holtkamp! Was ist mit ihm?«
»Sie kennen ihn?«, vergewisserte sich Kim.
»Natürlich! Benno ist einer meiner vielversprechendsten Studenten. Ein absolutes Ausnahmetalent am Klavier.« Der Professor rückte seine Brille gerade. »Leider manchmal etwas aufbrausend und, na ja, unkonventionell in der Auswahl seiner Stücke. Aber begnadete Musiker haben ja oft viel Temperament.« Er lachte etwas gekünstelt, als hätte er einen besonders guten Witz gemacht.
Kim zog ihr Detektivtagebuch hervor und kritzelte etwas hinein. »Wohnt Benno hier in der Stadt?«
»Er kommt aus Hamburg, dort leben seine Eltern«, sagte Professor Meiwaldt. »Soviel ich weiß, hat er ein Zimmer im Wohnheim unseres Konservatoriums.«
»Wann haben Sie ihn zuletzt gesehen?«, fragte Franzi.
Der Professor überlegte. »Letzte Woche, glaube ich. Seitdem ist er nicht mehr zum Unterricht erschienen.«

»Haben Sie sich gar keine Sorgen gemacht, als er nicht aufgetaucht ist?«, wollte Marie wissen.
»Ich bin davon ausgegangen, dass er zu seinen Eltern nach Hamburg gefahren ist. Er hatte angedeutet, sie besuchen zu wollen.«
»Mitten im Semester?«, wunderte sich Kim.
»Unsere Studenten sind freie Menschen und treffen ihre eigenen Entscheidungen.« Der Professor runzelte die Stirn. »Was sollen all diese Fragen überhaupt?«
»Benno hatte einen Unfall«, erklärte Marie.
»Das ist ja schrecklich! Geht es ihm gut?«
»Körperlich geht es ihm gut. Aber er hat sein Gedächtnis verloren«, sagte Franzi. »Wir helfen ihm dabei, seine Identität wiederzufinden.«
»Eine Amnesie? Du meine Güte! Armer Benno.«
»Ist letzten Dienstag irgendetwas vorgefallen?«, fragte Marie. »Wir versuchen, den Tag des Unfalls zu rekonstruieren.«
»Dazu kann ich wirklich nichts sagen.« Professor Meiwaldt erhob sich. »Außerdem habe ich gleich noch einen Termin. Sprecht mal mit Marten Bosse. Er ist mit Benno befreundet.«
»Wo finden wir diesen Marten?«, fragte Kim.
»Wenn ich richtig informiert bin, teilen er und Benno sich ein Apartment im Wohnheim. Momentan müsste sich Marten aber in einem der Übungsräume befinden. Er ist leider kein Ausnahmetalent wie Benno und muss für seinen Erfolg am Klavier hart arbeiten.« Der Professor sah auf die Uhr. »Jetzt muss ich aber wirklich gehen.«
Die drei !!! ließen sich schnell noch erklären, wo die Übungsräume waren, und machten sich auf den Weg.

Fremd im eigenen Leben

»Hattet ihr auch das Gefühl, dass der Professor uns loswerden wollte?«, fragte Kim, als sie durch die langen Korridore des Konservatoriums liefen.
Marie nickte. »Als es um den 1. Mai ging, hat er plötzlich dichtgemacht.«
»Vielleicht hat er ja etwas zu verbergen.« Franzi öffnete eine gläserne Schwingtür, die zu den Übungsräumen führte.
»Das finden wir schon noch heraus«, meinte Kim zuversichtlich. »Immerhin wissen wir jetzt, wie Amadeus wirklich heißt. Das ist ein riesengroßer Erfolg.«
»Eigentlich schade, ich hatte mich richtig an den Namen Amadeus gewöhnt«, sagte Marie. Es würde ihr nicht leichtfallen, ihn von jetzt an Benno zu nennen.
»Bist du sehr enttäuscht, dass er kein Adliger aus dem 18. Jahrhundert ist?« Franzi grinste.
Marie stieß sie mit dem Ellbogen in die Seite. »Mach dich ruhig lustig über mich! Wäre doch cool gewesen, jemanden aus der Vergangenheit zu kennen. Er hätte uns Menuett beibringen und durch sein Schloss führen können …«
»Träum weiter!« Kim lachte.
Die Übungsräume befanden sich im Seitenflügel des alten Gebäudes und waren alle besetzt. Aus dem ersten Raum drang trällernder Gesang, aus dem nächsten hörte man Geigentöne und aus dem daneben eine Klarinette.
Marie legte ihr Ohr an die letzte Tür. »Hier spielt jemand Klavier!«

Sie lauschte einen Moment. Die Musik klang eher routiniert als leidenschaftlich und berührte sie längst nicht so wie das Spiel von Amadeus. Plötzlich brachen die Töne ab und jemand fluchte laut. Marie zuckte zusammen. Nach einer kurzen Schrecksekunde klopfte sie energisch an die Tür und betrat den Raum, ohne auf ein »Herein« zu warten.

Das Zimmer war völlig kahl und wirkte mit seinen weißen, schmucklosen Wänden eher wie eine Zelle. Am Klavier saß ein zusammengesunkener junger Mann mit kurzen dunklen Haaren, der ungefähr so alt wie Amadeus sein musste. Er richtete sich auf, als die drei !!! hereinkamen, und warf ihnen einen ärgerlichen Blick zu.

»Was soll das? Ich hab den Raum den ganzen Nachmittag reserviert. Ihr stört!«

»Bist du Marten?«, fragte Marie.

»Wer will das wissen?«, fragte der Junge zurück.

»Wir sind Detektivinnen«, sagte Franzi. »Kennst du Benno Holtkamp?«

Marten schluckte und wurde blass. Er schien plötzlich auf der Hut zu sein. »Benno ist mein Mitbewohner. Warum? Was ist mit ihm?«

»Weißt du, wo er gerade ist?«, erkundigte sich Kim.

Marten zuckte mit den Schultern. »Bei seinen Eltern in Hamburg, nehme ich an. Er wollte sich 'ne kurze Auszeit nehmen.«

»Benno ist nicht in Hamburg«, sagte Marie. »Er liegt im Krankenhaus.«

»Was?« Marten riss die Augen auf. »Wieso denn?«

»Wir haben ihn letzte Woche mit einer Kopfverletzung am Baggersee gefunden«, erklärte Kim. »Wahrscheinlich wurde er niedergeschlagen. Und nun versuchen wir herauszufinden, was passiert ist.«

»Benno kann sich leider an nichts erinnern«, fügte Franzi hinzu. »Er hat eine Amnesie.«

»Wirklich? Das ist ja schrecklich!« Marten machte ein betroffenes Gesicht.

»Würdest du mit uns ins Krankenhaus kommen?«, fragte Marie. »Es tut Amadeus, äh, ich meine Benno, bestimmt gut, jemanden aus seinem früheren Leben zu sehen.«

»Vielleicht löst das sogar neue Erinnerungen bei ihm aus«, meinte Kim.

»Jetzt sofort?«, fragte Marten.

Marie nickte. »Je eher, desto besser.«

»Okay.« Marten erhob sich und packte seine Noten zusammen. »Ich komme mit.«

Eine halbe Stunde später betraten sie die Station. Inzwischen war Marie der Krankenhausgeruch schon richtig vertraut.

»Hoffentlich ist er nicht mehr bei der Psychologin«, murmelte sie, während sie an die Tür klopfte.

Aber Amadeus alias Benno saß auf seinem Bett und richtete sich erfreut auf, als die drei !!! hereinkamen.

»Hey, Kumpel, was machst du denn für Sachen?« Marten ging direkt zum Bett und umarmte Benno. »Mensch, ich hab vielleicht einen Schreck gekriegt, als ich gehört habe, was passiert ist. Wie geht's dir?«

Benno zuckte zurück und sah verwirrt von Marten zu den Detektivinnen, die die Szene aufmerksam beobachteten. »Wer ist das?«

»Erkennst du ihn nicht wieder?«, fragte Marie.
Benno schüttelte den Kopf. Sein Gesicht war ein einziges Fragezeichen.
Marten machte einen Schritt nach hinten. »Ich bin's doch! Marten, dein Mitbewohner.«
»Wir haben herausgefunden, wie du wirklich heißt«, sagte Marie behutsam. »Du bist Benno Holtkamp und studierst Musik am Mozart-Konservatorium. Darum kannst du so gut Klavier spielen.«
»Benno Holtkamp …«, murmelte Benno. Er massierte mit zwei Fingern seine Schläfen. »Das sagt mir überhaupt nichts. Seid ihr sicher?«
Marie nickte. »Du stammst aus Hamburg und wohnst hier im Studentenwohnheim.«
»Wir teilen uns eine kleine Wohnung«, erzählte Marten. »Schon seit zwei Semestern. Du lässt immer deine Klamotten im Bad rumliegen und bist auch sonst nicht der Ordentlichste.« Er grinste.
»Wirklich?« Benno runzelte die Stirn. »Wie bin ich denn sonst so?«
Marten zögerte. »Echt nett!«, sagte er schließlich mit einem breiten Lächeln. »Wir haben uns von Anfang an super verstanden. Abends kochen wir manchmal zusammen. Dein Lieblingsessen sind Spaghetti mit Meeresfrüchten. Letztes Semester waren wir gemeinsam auf Studienfahrt in Salzburg, mit Professor Meiwaldt.«
»Meiwaldt?« Ein Schatten huschte über Bennos Gesicht. »Der Name kommt mir irgendwie bekannt vor.«
»Klar!« Marten nickte. »Wir studieren beide bei ihm. Er

hält große Stücke auf dich.« Sein Lächeln geriet kurz ins Wanken, aber er hatte sich schnell wieder im Griff.

»Was ist mit meinen Eltern?«, fragte Benno.

»Die wohnen in Hamburg«, sagte Marten. »Sind beide immer mächtig beschäftigt. Dein Vater ist irgendein hohes Tier bei einem Autokonzern und deine Mutter ist Pianistin.«

»Ich muss sie anrufen«, murmelte Benno.

»Seltsam, dass sie dich noch nicht vermisst haben«, bemerkte Franzi.

»Vielleicht sind sie gerade mal wieder auf Reisen«, vermutete Marten. »Soviel ich weiß, sind sie viel unterwegs. Erinnerst du dich wirklich an gar nichts mehr?«

Benno schüttelte den Kopf. »Manchmal habe ich kurze Erinnerungsflashs, aber bisher kann ich sie noch nicht richtig einordnen.«

»Verdammt, das ist hart!« Marten machte ein mitfühlendes Gesicht, aber Marie hatte den Eindruck, dass er eher erleichtert war.

»Immerhin sind wir schon einen großen Schritt weiter«, sagte Kim. »Endlich wissen wir, wer du bist. Du hast wieder einen Namen und eine Identität!«

»Ja, das ist super.« Benno lächelte schwach. »Auch wenn sich diese Identität noch ziemlich fremd anfühlt. Trotzdem danke! Wie habt ihr das geschafft?«

Franzi winkte ab. »Das erzählen wir dir später mal in Ruhe.«

»Wie wahrscheinlich ist es denn, dass deine Erinnerungen irgendwann zurückkommen?«, erkundigte sich Marten.

Benno zuckte mit den Schultern. »Die Ärztin meint, die Chancen stehen gar nicht so schlecht. Aber ganz genau kann man das nicht sagen. Jeder Fall ist anders. Wir müssen einfach abwarten.«

»Du erinnerst dich bestimmt bald wieder an alles«, sagte Marie. »Und solange ermitteln wir natürlich weiter. Schließlich wissen wir immer noch nicht, was an dem Tag am See passiert ist.«

»Ich hab auch eine Neuigkeit«, verkündete Benno. »Wenn nichts dazwischenkommt, dann werde ich morgen Nachmittag entlassen.«

»Das ist ja toll!«, freute sich Marie. »Jetzt kannst du direkt in dein Zimmer im Wohnheim zurückkehren und musst nicht in diese betreute Wohngruppe ziehen.«

»Ihr kommt doch vorher noch mal vorbei, oder?«, vergewisserte sich Benno.

Kim nickte. »Natürlich!«

»Wir sind immer für dich da, das weißt du doch.« Marie horchte in sich hinein. Obwohl sie der Lösung des Falls heute einen großen Schritt näher gekommen waren, war sie seltsam angespannt und nervös. Ihr Gefühl sagte ihr, dass die Gefahr nicht gebannt war. Der Täter lief noch frei herum. Wer auch immer es auf Amadeus abgesehen hatte, konnte jederzeit wieder zuschlagen.

Freund oder Feind?

Marie wälzte sich im Bett hin und her. Sie warf einen Blick auf die Leuchtziffern ihres Weckers. Fünf Uhr dreizehn. Mist! In einer guten Stunde musste sie aufstehen und sich für die Schule fertig machen. Warum konnte sie nicht schlafen?

Es war dieser verdammte Fall. Er ließ sie einfach nicht los. Irgendetwas irritierte sie. Dieses ungute Gefühl von drohender Gefahr war immer noch da. Etwas stimmte nicht. Aber was?

Marie drehte sich auf den Rücken und starrte in die Dunkelheit. Sie ließ noch einmal die Ereignisse des letzten Tages wie einen Film vor ihrem inneren Auge ablaufen. Warum hatte Benno so seltsam auf Marten reagiert? Als sein Freund ihn umarmen wollte, war er zurückgezuckt und in seinen Augen hatte fast so etwas wie Angst gelegen. Außerdem war Marten eindeutig nervös gewesen. Hatte er etwas zu verbergen?

Marie gähnte und ihre Lider wurden immer schwerer. Sie sah Benno vor sich, wie er am Ufer des Sees lag.

Benno mit porzellanweißem Gesicht, die Augen geschlossen.

Blut an seinem Hinterkopf.

Blut am Stein auf dem Boden.

Jemand schreit.

Ist es Benno?

Ein Feuer lodert am See.

Menschen springen ins Wasser, lachen, kreischen.

Ein Mensch läuft davon.

Panisch.

Und Benno bleibt allein am Ufer zurück.

Marie schreckte hoch. Ihr Herz schlug heftig und auf ihrer Stirn standen Schweißperlen. Draußen wurde es allmählich hell. Sie musste noch mal eingenickt sein. Sie hatte geträumt. Aber war es wirklich ein Traum gewesen? Wer war vom See weggelaufen? Noch halb im Schlaf griff sie nach ihrem Handy und klickte auf den Film von Sue.
Da war die Clique. Sonne, warmes Licht, der See. Lachende, kreischende Menschen. Das Wasser spritzte.
Da! Marie hielt den Film an und beugte sich über das Display. Im Hintergrund war eine Gestalt zu sehen. Marie zoomte sie heran. Die Aufnahme war nicht ganz scharf, aber es hätte durchaus Marten sein können. Von der Größe her kam es hin, die Haarfarbe stimmte auch.
Sie ließ den Film weiterlaufen. Die Person kam aus Richtung der versteckten Bucht und lief vom Ufer des Sees weg. Panisch, wie in Maries Traum. Ihr Unterbewusstsein hatte die Verbindung hergestellt, lange bevor ihr Verstand es getan hatte. Marie sah sich die kurze Szene immer wieder an. Von Mal zu Mal war sie sicherer: Es war Marten. Er musste es sein. Marten war am 1. Mai am See gewesen.
Warum hatte er ihnen das verschwiegen?

An Schlaf war nicht mehr zu denken. Marie stand auf, gönnte sich eine lange, heiße Dusche, um richtig wach zu werden und ihre Gedanken zu sortieren, und machte sich in aller Ruhe fertig. Danach hatte sie immer noch jede Menge Zeit. Sie ging in die Küche und kochte sich einen Ingwertee. Während sie an dem dampfenden Getränk nippte, schrieb sie eine Nachricht an Kim und Franzi.

SOS! Wichtige Neuigkeiten! Treffpunkt nach der Schule vor dem Krankenhaus.

Fast gleichzeitig kamen zwei neue Nachrichten.

Werde da sein. Bis später! LG, Kim

Bin dabei. F.

Es fiel Marie schwer, sich auf den Unterricht zu konzentrieren. Ständig musste sie an Benno denken. Und an Marten. Warum hatte er gelogen? Was war am See geschehen? Und vor allem: Befand sich Benno in Gefahr?
Mehrmals war Marie kurz davor, Kommissar Peters anzurufen. Kim hatte ihn gestern noch über ihre neusten Ermittlungsergebnisse informiert, damit er die Suche nach Amadeus' wahrer Identität einstellen konnte. Sollte sie ihn bitten, Benno Personenschutz zu geben? Oder Marten zu überwachen? Aber mit welcher Begründung? Sie hatte nur ein verwackeltes Video, auf dem der Verdächtige nicht eindeutig zu erkennen war. Und ihr Bauchgefühl. Das war zu wenig, um jemanden bei der Polizei anzuzeigen. Wenn sie sich täuschte, hatte sie einen Unschuldigen angeschwärzt. Das wollte sie auf keinen Fall. Es war sicher besser, den Kommissar erst einzuschalten, wenn sie eindeutige Beweise hatten.

Nach der letzten Stunde sprang Marie auf und war eine der Ersten, die das Klassenzimmer verließen. Im Eiltempo lief sie zu ihrem Fahrrad und raste los. Die Strecke zum Krankenhaus

legte sie in Rekordzeit zurück und kam fast zeitgleich mit Franzi und Kim an, obwohl ihre Freundinnen von ihrer Schule aus einen etwas kürzeren Weg hatten.
»Was ist denn los?«, fragte Kim sofort. »Franzi und ich überlegen schon den ganzen Vormittag, was es für wichtige Neuigkeiten gibt.«
Marie stellte ihr Fahrrad ab und zog ihr Smartphone hervor. Hastig erzählte sie, was sie herausgefunden hatte, und zeigte den beiden die entscheidende Szene in Sues Handy-Video.
»Krass!« Franzi starrte auf das Display. »Wieso haben wir das übersehen?«
»Weil wir nur auf die Clique im Vordergrund geachtet haben«, sagte Marie.
»Die Person im Hintergrund könnte tatsächlich Marten sein«, meinte Kim. »Aber ganz sicher bin ich nicht.«
»Trotzdem müssen wir Benno warnen.« Marie steckte das Handy weg. »Wenn es Marten war, der ihn am See niedergeschlagen hat, könnte er immer noch eine Gefahr sein.«
Die drei !!! betraten das Krankenhaus, fuhren in den vierten Stock und eilten über den Flur. Doch als Marie die Tür zu Zimmer 401 öffnete, erwartete sie eine Überraschung. Das Zimmer war leer.
»Er ist nicht da«, stellte Franzi fest.
Das Bett war abgezogen, die Bücher auf dem Nachttisch und die Klamotten auf dem Stuhl waren verschwunden. Es sah aus, als wäre Benno nie hier gewesen.
Marie wandte sich an eine Krankenschwester, die gerade vorbeikam. »Entschuldigen Sie bitte, wir suchen Benno Holtkamp. Wissen Sie, wo er ist?«

»Der wurde vor zwei Stunden entlassen«, sagte die Schwester mit einem bedauernden Schulterzucken. »Tut mir leid.«
Die Detektivinnen wechselten einen alarmierten Blick. Wenn Benno ins Wohnheim zurückgekehrt war, lief er Marten dort direkt in die Arme. Was, wenn sein Mitbewohner noch einmal zuschlug?

Die drei !!! rasten auf ihren Rädern quer durch die Stadt zum Konservatorium. Das Wohnheim befand sich gleich neben dem altehrwürdigen Gebäude in einem schlichten Haus mit hellgrauer Fassade.
Hastig überflog Marie die Namensschilder. »Holtkamp! Hier ist es!« Sie drückte auf die Klingel, der Summer ertönte und die Tür sprang auf.
Die Detektivinnen liefen die Treppe hinauf. Die Wohnung befand sich im zweiten Stock. Marie atmete erleichtert auf, als sie Benno in der geöffneten Wohnungstür erblickte. Ein Glück, er war gesund und munter!
»Hallo!« Benno lächelte. »Schön, dass ihr mich besucht.«
»Alles in Ordnung?«, erkundigte sich Kim.
»Klar.« Benno zuckte mit den Schultern. »Soweit man das sagen kann, wenn man sich an nichts erinnert.«
»Dein Gedächtnis ist also immer noch nicht zurückgekehrt?«, fragte Franzi.
Benno schüttelte seufzend den Kopf, während er die drei !!! eintreten ließ. »Ich hatte gehofft, es würde helfen, wieder in meiner gewohnten Umgebung zu sein. Aber ich erkenne nichts wieder.« Er führte Kim, Franzi und Marie durch einen schmalen Flur in sein Zimmer. »Es ist, als würde ein anderer

hier wohnen. Das hat alles nichts mit mir zu tun! Ich komme mir vor wie ein Fremder in meinem eigenen Leben.«

Er klang so traurig, dass sich Maries Herz vor Mitleid zusammenzog. Es musste schrecklich sein, sich so verloren zu fühlen.

»Hast du deine Eltern inzwischen erreicht?«, fragte Kim.

»Nein, ich hab nur mit der Haushälterin gesprochen. Meine Eltern sind gerade im Ausland unterwegs. Sie kommen erst Ende der Woche zurück.«

»Das erklärt immerhin, warum sie dich nicht vermisst haben«, stellte Franzi fest.

Marie sah sich im Zimmer um. Die Holzmöbel waren abgewohnt und auf dem Boden lag grauer PVC-Belag, über den sicher schon mehrere Generationen von Musikstudenten gelaufen waren. Die Einrichtung bestand aus einem Schrank, einem ordentlich gemachten Bett und einem Schreibtisch, über dem eine Pinnwand mit Zetteln und Fotos hing.

Benno war Maries Blick gefolgt. »Ich hab mir gerade die Bilder angeschaut, aber ich erkenne niemanden darauf. Nur mich natürlich, doch selbst ich bin mir fremd.«

»Du musst Geduld haben.« Marie berührte sanft Bennos Arm.

»Ja, vielleicht.«

In der Wohnungstür drehte sich ein Schlüssel und Schritte erklangen auf dem Flur.

»Benno?«, rief eine Stimme. »Bist du da?«

Marten erschien auf der Schwelle zu Bennos Zimmer. Seine Augen weiteten sich, als er seinen Mitbewohner und die drei !!! erblickte. Er wirkte überrumpelt, fasste sich aber schnell wieder.

»Hallo, Marten«, sagte Benno.
»Hey, du bist schon zurück! Ich wollte dich eigentlich abholen, aber ich hatte noch Vorlesung.« Marten lächelte, aber es wirkte irgendwie angestrengt.
»Sorry, ich hätte vorher anrufen sollen. Der Hausmeister hat mich reingelassen. Ich hab ja keinen Schlüssel mehr.«
»Quatsch, du wohnst doch hier! Du kannst unseren Ersatzschlüssel nehmen, bis deine Sachen wieder aufgetaucht sind.«
Marten zögerte kurz. »Wie geht's deinem Gedächtnis? Irgendwelche neuen Erinnerungen?«
Benno schüttelte den Kopf und für den Bruchteil einer Sekunde blitzte etwas in Martens Augen auf, während er gleichzeitig versuchte, ein betroffenes Gesicht zu machen. War es Schadenfreude? Oder Erleichterung? Marie war sich nicht sicher. Aber eins war klar: Wenn sie wissen wollten, ob Marten etwas mit den Ereignissen am See zu tun hatte, mussten sie ihn irgendwie aus der Reserve locken. Freiwillig würde er garantiert nichts zugeben. Ob sie ihn mit dem Handy-Video konfrontieren sollte? Vielleicht würde er dann einknicken. Nein, das war zu riskant. Marten war nicht blöd. Er würde einfach behaupten, nicht die Person auf dem Video zu sein, und sie konnten ihm nichts nachweisen.
Plötzlich hatte Marie eine Idee. Sie war genial und gleichzeitig gefährlich. Leider war es zu spät, um sich mit Kim und Franzi abzusprechen. Egal, die beiden würden hoffentlich sofort schalten und ihr keinen Strich durch die Rechnung machen.
»Wir sind hergekommen, weil wir euch einen Vorschlag machen wollten«, begann Marie und warf ihren Freundinnen einen schnellen Blick zu.

»Worum geht es denn?«, fragte Benno.
»Wir würden die Situation am See gerne nachstellen. Direkt dort, wo es passiert ist, in der kleinen Bucht«, sagte Marie.
Marten runzelte die Stirn. »Was soll das bringen?«
»Das könnte Amadeus' … ich meine, Bennos Gedächtnis auf die Sprünge helfen«, erklärte Marie.
Kim nickte. »Die Ärztin im Krankenhaus hat gesagt, vertraute Menschen und Orte regen die Erinnerung an.«
»Ich weiß nicht.« Benno kratzte sich am Kopf. »Der Gedanke an den See macht mir irgendwie Angst …«
Marten ließ ihn nicht ausreden. »Für so eine Aktion ist es doch noch viel zu früh! Benno muss sich erst wieder in seinem alten Leben zurechtfinden.«
»Glaubst du nicht, ein paar Erinnerungen würden ihm dabei helfen?«, fragte Marie. Warum reagierte Marten so heftig? Hatte er Angst davor, an den See zurückzukehren?
»Deine Sorge um Benno in allen Ehren, aber ich denke, er kann für sich selbst sprechen«, sagte Franzi.
Benno zögerte, dann gab er sich einen Ruck. »Also gut, ich mach's. Es bringt nichts, vor seinen Ängsten davonzulaufen. Was auch immer passiert ist, ich muss mich meiner Vergangenheit stellen. Vielleicht geht das tatsächlich am besten an dem Ort, wo alles angefangen hat.«
»Das ist wirklich mutig von dir«, sagte Kim.
»Es ist bestimmt die richtige Entscheidung«, meinte Marie.
»Ich finde, du solltest damit noch warten«, beharrte Marten.
»Wie wär's, wenn ich uns was koche und wir ziehen uns irgendeinen Actionfilm rein? Auf die fährst du doch total ab, also, zumindest war das früher so …«

Benno schüttelte den Kopf. »Ich will das erst hinter mich bringen. Am besten sofort.«
»Prima, dann brechen wir gleich auf«, beschloss Franzi.
»Okay.« Marten zuckte scheinbar gleichmütig mit den Schultern, aber Marie hätte wetten können, dass er sich in Wirklichkeit schwarzärgerte. »Ich gehe in der Zwischenzeit einkaufen und kümmere mich ums Essen.«
»Ich fänd's gut, wenn du mitkommst«, sagte Marie. »Als moralische Unterstützung sozusagen.«
»Genau, du kannst Benno doch nicht im Stich lassen«, fügte Franzi hinzu.
Marten seufzte, aber dagegen konnte er schlecht etwas sagen. Marie grinste innerlich. Jetzt hatte sie ihn genau da, wo sie ihn haben wollte. Wenn er seine Fassade vom besorgten Freund und Mitbewohner aufrechterhalten wollte, musste er Ja sagen.
»Na gut, von mir aus«, murmelte Marten widerwillig.
»Perfekt!« Marie tat, als würde sie seinen Unmut nicht bemerken. »Auf zum See!«

Weil die Radtour zum See für Benno noch zu anstrengend war, nahmen sie den Bus. Die Haltestelle war kurz hinter dem Schotter-Parkplatz, auf dem heute nur wenige Autos standen. Das Wetter war nicht mehr so schön wie in der letzten Woche. Es war etwas kühler und am Himmel zogen graue Wolken vorbei, die gegen Abend Regen bringen sollten. Aber noch war es trocken.
»Habe ich eigentlich einen Führerschein?«, überlegte Benno, als sie an den Autos vorbei über den Parkplatz gingen.
»Klar!«, antwortete Marten. »Und sogar ein eigenes Auto.«

»Echt?«, fragte Benno überrascht.
»Einen Sportwagen. Geschenk von deinen Eltern zum Abi.«
»Krass!« Benno schüttelte den Kopf.
»Deine Eltern scheinen ja ziemlich großzügig zu sein«, bemerkte Franzi.
Sie passierten den schmalen Weg und gelangten zum See. Der Strand war fast leer. Im Sand lagen nur vereinzelte Handtücher, deren Besitzer gerade im Wasser waren. Bei so einem Wetter kamen nur die ambitionierten Schwimmer zum See.
Benno sah sich aufmerksam um. »Bin ich oft hier gewesen?«
Marten zuckte mit den Schultern. »Ab und zu, glaube ich. Du bist ein guter Schwimmer. Ein paarmal waren wir auch zusammen am See.«
»Hier geht's lang.« Franzi schlug den Weg zur Bucht ein.
Schweigend gingen sie weiter. Benno war in Gedanken versunken und Marten zog die Schultern hoch, als würde er frieren. In der Bucht blieben sie stehen.
»Dort haben wir dich gefunden.« Marie zeigte auf die Stelle, an der er gelegen hatte.
Benno sagte nichts. Er war blass und ein Muskel unter seinem Auge zuckte nervös. Langsam ging er zum Wasser und sah auf den See hinaus. Er schloss die Augen, atmete tief ein und blieb eine Weile reglos stehen.
Marie wagte kaum zu atmen, während sie Marten aus den Augenwinkeln beobachtete. Eine ungeheure Spannung lag in der Luft. Als würde gleich ein Gewitter losbrechen.
Ein Zittern lief durch Bennos Körper. Er drehte sich ruckartig um. »Ich weiß es wieder!« Seine Augen glänzten fiebrig. »Ich weiß, was am 1. Mai passiert ist!«

Gefährliche Erinnerungen

Alle waren wie erstarrt. Niemand wagte es, ein Wort zu sagen, als könnten die scheuen Erinnerungen, die sich gerade aus den Tiefen von Bennos Gedächtnis ans Licht gewagt hatten, sofort wieder die Flucht ergreifen.

»Ich bin im See geschwommen.« Bennos Aufmerksamkeit war nach innen gerichtet, als würde er einen Film in seinem Kopf sehen. »Als ich aus dem Wasser kam, stand jemand am Ufer. Wir haben uns gestritten.«

»Wer stand am Ufer?«, fragte Franzi.

Bennos Blick wurde wieder klar. »Du warst es!« Er streckte den Arm aus und zeigte auf Marten.

Einen Moment war Marten wie gelähmt. Dann fuhr er herum und rannte los, weg vom See, wie in Maries Traum. Wie in dem Video. Als würde sich die Geschichte wiederholen.

»Er will abhauen!«, rief Kim.

Franzi spurtete los. Sie war die Schnellste der Detektivinnen und ließ niemanden so leicht entwischen. Marten hatte keine Chance gegen sie. Schon nach wenigen Metern hatte sie ihn eingeholt und packte seinen Arm. »Du bleibst schön hier!«

Marie und Kim waren sofort zur Stelle, um einen weiteren Fluchtversuch zu verhindern. Aber Marten ließ sich widerstandslos zum Ufer zurückführen. Sein Gesicht war völlig ausdruckslos, nur seine Oberlippe zitterte leicht.

»Woran erinnerst du dich noch?«, fragte Kim.

Benno hatte sich nicht von der Stelle bewegt. »Ich weiß nicht … es sind so viele Bilder und alles ist völlig durcheinander …«

»Lass dir Zeit«, sagte Marie behutsam.
»Ich war wütend«, begann Benno stockend. »Sehr wütend.«
»Auf wen?«, fragte Franzi. »Auf Marten?«
Benno schüttelte den Kopf. »Nein, auf meinen Professor.«
»Professor Meiwaldt?«
»Genau. Ich hab ihm was vorgespielt. Wir hatten eine zusätzliche Übungsstunde.«
»Aber der 1. Mai ist doch ein Feiertag«, wandte Kim ein. »Habt ihr da nicht frei?«
»Eigentlich schon. Aber der Professor hatte nur an dem Tag Zeit. Er ist immer total im Stress, darum legt er die Übungsstunden gerne mal aufs Wochenende oder auf Feiertage.« Benno schnaubte ärgerlich. »Wie ich dieses blöde Theater hasse! Das macht er nur, damit auch der letzte Idiot merkt, was für ein wichtiger und gefragter Typ er ist.«
»Deshalb warst du sauer auf ihn?«, wollte Franzi wissen.
»Nicht nur. Ich war schon länger unzufrieden. Ihr könnt euch nicht vorstellen, wie groß der Druck für uns Studenten ist. Am Konservatorium geht es immer nur um Leistung. Die Besten kommen weiter, der Rest kann sehen, wo er bleibt. Der Spaß am Musizieren kommt dabei viel zu kurz. Irgendwann hat man ihn ganz verloren. Das wollte ich nicht. Aber da war noch etwas anderes ...« Benno zögerte.
»Was?«, hakte Marie nach.
»Ich glaube, es ging um ein Stück. Meiwaldt ist total auf Klassik fixiert. Alles andere ist für ihn keine richtige Musik. Ich mag die klassischen Sachen auch. Aber ich höre auch gerne Rock und Heavy Metal. Ich wollte mal was Neues ausprobieren und hatte mir ein Stück von einer Heavy-Metal-Band

rausgesucht, das ich auf dem Klavier umsetzen wollte. Darauf hatte ich total Lust.«

»Aber Meiwaldt war dagegen?«

Benno nickte. »Er hat es mich nicht mal zu Ende vorspielen lassen. Allein die Idee fand er unmöglich. Er meinte, mit so einem Unsinn würde er seine kostbare Zeit nicht verschwenden und ich würde mein Talent vergeuden.«

Marie sah die Szene lebhaft vor sich. Der Professor konnte bestimmt ziemlich unangenehm werden, wenn jemand etwas tat, was nicht seinen Vorstellungen entsprach.

»Wie hast du reagiert?«, fragte Kim.

»Bei mir ist eine Sicherung durchgebrannt.« Benno verzog das Gesicht, als würde ihm die Erinnerung wehtun. »Wir hatten diese Diskussion schon öfter und ich war es einfach so was von leid. Ich hab Meiwaldt die Noten vor die Füße gepfeffert und ihm gesagt, dass er mich heute zum letzten Mal sieht. Dann bin ich aus dem Übungsraum gerannt und direkt zum See gefahren.«

»Warum?«, fragte Franzi.

Benno zuckte mit den Schultern. »Das war so ein Reflex. Ich musste raus. Weg von allem. Außerdem wollte ich mich abkühlen. Ich bin eine Runde geschwommen. Als ich aus dem Wasser kam, war Marten da.«

Marten, der bisher schweigend zugehört hatte, zuckte merklich zusammen.

»Woher wusstest du, dass Benno am See war?«, wollte Kim wissen.

Marten starrte auf seine Turnschuhe, ohne zu antworten.

»Du solltest mit uns reden«, sagte Marie eindringlich.

»Mach endlich reinen Tisch, danach geht es dir bestimmt besser.«
Marten stieß einen tiefen Seufzer aus. »Ich war im Übungsraum nebenan und hab den Streit zwischen Benno und Meiwaldt mitbekommen.« Seine Stimme war leise und Marie musste die Ohren spitzen, um nichts zu verpassen. »Ich konnte einfach nicht glauben, dass Benno alles hinschmeißen will. Er ist doch so ein toller Pianist! Habt ihr ihn mal spielen gehört? Es ist wie ... wie Magie.«
Marie nickte. Sie wusste genau, was Marten meinte. »Was hattest du vor?«
»Ich wollte mit Benno reden. Ich hab ihn angefleht, es sich noch mal zu überlegen. So eine Begabung wirft man nicht einfach weg! Ich würde alles dafür geben, sein Talent zu haben.«
»Wie hat er reagiert?«, fragte Franzi.
Marten biss sich auf die Unterlippe. »Er hat nur gelacht. Er war echt schräg drauf. Hat sich über mich lustig gemacht und meinte, ich hätte bloß Angst, ohne ihn nicht klarzukommen.«
Kim runzelte die Stirn. »Wieso?«
»Weil er mir manchmal beim Üben hilft«, erklärte Marten. »Benno spielt selbst die schwersten Stücke mit einer unglaublichen Leichtigkeit. Bei mir ist das nicht so. Ich muss wahnsinnig viel üben und selbst dann klingt es im Vergleich zu Benno immer irgendwie hölzern.«
»Was ist dann passiert?«, fragte Marie.
»Wir haben uns gestritten.« Marten verzog das Gesicht. »Mir ging es doch überhaupt nicht um mich! Ich wollte nur, dass Benno noch mal gründlich nachdenkt, bevor er etwas tut, was er hinterher bereut. Er hat mich angeschnauzt und gesagt,

ich würde schon genauso klingen wie seine Mutter. Und dann ...« Er verstummte.
»Was dann?«, fragte Franzi.
»Dann meinte er, ich wäre sowieso ein hoffnungsloser Fall und würde niemals den Durchbruch schaffen.« Marten stockte. »Er hat behauptet, aus mir würde nur ein drittklassiger Barpianist werden, während er ein Genie wie Mozart sei.«
»Hast du das wirklich gesagt?«, fragte Marie ungläubig. Ihr fielen Bennos Worte am See ein, als er kurz bei Bewusstsein gewesen war. Plötzlich erschienen sie ihr in einem ganz anderen Licht.
Benno starrte verlegen zu Boden. »Ja ... ich glaub schon.«
»Aber warum?« Franzi schüttelte den Kopf. »Das war voll fies!«
»Keine Ahnung ... vielleicht, weil ich so sauer und unzufrieden war. Das hab ich an Marten ausgelassen.«
»Ist ja nichts Neues, dass ich deine miese Laune abkriege«, sagte Marten leise. »Ganz ehrlich, du bist manchmal ein richtiger Kotzbrocken.«
Benno stöhnte. »Bin ich wirklich so schlimm?«
»Na ja, nicht immer. Du kannst auch superlustig und charmant sein. Deshalb fahren die Mädels alle total auf dich ab.« Marten grinste schief. »Aber wenn du einen schlechten Tag hast, geht man dir besser aus dem Weg.«
»Klingt nicht so, als wäre ich ein besonders sympathischer Mensch«, stellte Benno bitter fest.
»Wie ist es danach weitergegangen?«, fragte Kim.
»Bei mir ist eine Sicherung durchgebrannt.« Marten klang gequält. »Ich weiß auch nicht, wie das passieren konnte. Ei-

gentlich bin ich überhaupt kein agressiver Typ. Aber dieser Spruch war einfach zu viel. Als Benno mich dann auch noch geschubst hat, hab ich mich gewehrt und es gab eine Rangelei. Plötzlich ist Benno gestürzt. Er ist hingefallen und nicht mehr aufgestanden. Erst dachte ich, das ist so ein blöder Scherz von ihm, aber dann hab ich gesehen, dass er am Kopf blutet.«

»Du hast ihn also nicht mit dem Stein geschlagen?«, vergewisserte sich Franzi.

Marten schüttelte den Kopf. »Nein! Es war ein Unfall. Ich wollte das nicht, ehrlich!«

Marie glaubte ihm. »Benno muss total unglücklich mit dem Kopf auf den Stein geknallt sein.«

»Ich war völlig fertig und wusste nicht, was ich machen soll.« Marten redete immer schneller. »Vor lauter Panik bin ich weggelaufen, statt Benno zu helfen. Erst als ich schon auf meinem Fahrrad saß, hab ich realisiert, was passiert ist. Ich bin umgedreht und zurückgefahren. Aber als ich zur Bucht kam, stand da schon der Krankenwagen. Ich hab gesehen, wie Benno weggebracht wurde. Ich wollte keinen Ärger, darum hab ich mich aus dem Staub gemacht und bin zurück ins Wohnheim gefahren.«

»Du hast niemandem erzählt, was passiert ist?«, fragte Kim.

Marten schüttelte den Kopf. »Ich hatte zu viel Angst. Und gleichzeitig ein schlechtes Gewissen. Ich hab mir riesige Sorgen gemacht. Ich wusste ja nicht, was mit Benno los war. Ob er einen Schädelbruch hat oder vielleicht sogar tot ist. Irgendwann hab ich es nicht mehr ausgehalten und bin ins Krankenhaus gefahren. Am Empfang wollten sie mir nichts sagen, weil ich kein Verwandter bin.«

»Das Problem hatten wir auch.« Marie nickte.

»Wie hast du herausgefunden, auf welcher Station Benno liegt?«, fragte Franzi interessiert.

»Ich hab zufällig einen Kumpel getroffen, der im Krankenhaus ein freiwilliges soziales Jahr macht. Er hat mir gesagt, wo ich Benno finde. Aber als ich vor seiner Tür stand, hab ich mich nicht reingetraut. Da kamen zwei Krankenschwestern auf dem Flur vorbei und haben sich über den Patienten in Zimmer 401 unterhalten. Ich hab die Ohren gespitzt und mitbekommen, dass Benno körperlich okay ist, sich aber an nichts erinnern kann.«

»Du wusstest von meiner Amnesie?«, fragte Benno.

Marten nickte. »Ich war total erleichtert, dass du am Leben bist und es dir gut geht.«

»Es ging mir aber nicht gut!«, stellte Benno klar. »Es ging mir total mies, weil ich nicht wusste, wer ich bin. Du hättest mir so leicht helfen können, stattdessen hast du dich aus dem Staub gemacht.«

»Ich weiß.« Marten ließ den Kopf hängen. »Und darauf bin ich wirklich nicht stolz.«

»Du bist abgehauen, damit nicht auffliegt, was am See passiert ist.« Benno starrte seinen Mitbewohner wütend an. »Im Krankenhaus hast du mich dann zum zweiten Mal im Stich gelassen.«

»Es tut mir leid«, sagte Marten leise. »Ich war ein riesengroßer Feigling.«

»Ihr habt euch beide ziemlich blöd verhalten«, sagte Kim.

Benno rieb sich die Augen, unter denen dunkle Ringe lagen. Dadurch wirkte er noch blasser, fast so, als wäre er krank.

»Alles in Ordnung?«, fragte Marie.
Benno nickte. »Ich muss bloß erst mal verdauen, dass ich ein unsympathischer Mistkerl bin, der CDs klaut und seinen besten Freund total mies behandelt.«
»Erinnerst du dich wieder an den Ladendiebstahl?«, wollte Franzi wissen.
»Ja, leider.« Benno sah verlegen zu Boden und räusperte sich. »Ehrlich gesagt war es nicht nur einer. Ich hab regelmäßig im *Music Store* CDs mitgehen lassen. Ein Wunder, dass ich nie erwischt worden bin.«
»Du hast CDs geklaut?« Marten blinzelte ungläubig. »Warum? Deine Eltern sind doch total großzügig. Du hast genug Geld, um dir alles zu kaufen, was du willst.«
Benno zuckte mit den Schultern. »Ich weiß selbst nicht genau, was das sollte. Vielleicht war es eine Art Protest gegen den Leistungsdruck am Konservatorium und gegen mein Leben, das von morgens bis abends durchgetaktet ist. Irgendwie brauchte ich diesen Kick, um mich von alldem abzulenken.« Er seufzte. »Ich werde die CDs natürlich zurückgeben und mich entschuldigen. Auch wenn ich dann wahrscheinlich lebenslanges Hausverbot und eine Anzeige bei der Polizei bekomme.«
»Ganz schön mutig«, sagte Marten anerkennend.
»Wenn man Mist gebaut hat, muss man dafür geradestehen. So ist das eben.« Benno sah seinen Mitbewohner an. »Und wo ich gerade dabei bin: Ich möchte mich bei dir entschuldigen. Ich hab dich mies behandelt und das tut mir leid. So geht man nicht mit seinen Freunden um.«
»Entschuldigung angenommen.« Ein vorsichtiges Lächeln

erschien auf Martens Gesicht. »Mir tut es auch leid. Hätte ich dich nicht geschubst, wäre das alles nicht passiert. Und dann einfach abzuhauen, war echt das Letzte.«

»Jeder Mensch macht Fehler«, meinte Benno. »Wenn ich etwas aus der ganzen Sache gelernt habe, dann das.«

»Ich find's prima, dass ihr euch wieder vertragt«, sagte Franzi.

Marie nickte. »Freunde sind wichtig. Mit einem guten Freund an der Seite kann einem eigentlich gar nichts passieren.«

Sie lächelte Kim und Franzi zu und ihre Freundinnen lächelten zurück.

Detektivtagebuch von Kim Jülich

Freitag, 14:26 Uhr

Der Fall ist gelöst! Wir wissen jetzt, wer der mysteriöse Junge ohne Gedächtnis ist. Amadeus heißt eigentlich Benno Holtkamp und studiert Musik am Mozart-Konservatorium. Vor drei Tagen hat er sich wieder an alles erinnert, als wir mit ihm und Marten am See waren. Erst hinterher ist mir klar geworden, was bei der Aktion alles hätte schiefgehen können. Was, wenn Benno zusammengebrochen oder Marten ausgerastet wäre? Zum Glück ist alles glattgelaufen.

Benno hat sogar den Rucksack mit seinen Sachen wiedergefunden! Nachdem er und Marten sich vertragen hatten, ist er plötzlich im Gebüsch verschwunden und mit einem schwarzen Rucksack zurückgekommen. Den hatte er am 1. Mai vorsichtshalber dort versteckt, bevor er schwimmen gegangen ist, weil er auch von den Diebstählen am See gehört hatte. Alle seine Sachen waren noch da: Handy, Portemonnaie, Personalausweis ... Glück muss man haben!

Kommissar Peters hat ganz schön gestaunt, als wir ihm alles erzählt haben. Er konnte kaum glauben, dass wir den Fall so schnell gelöst haben. Vielleicht sieht er jetzt endlich ein, dass wir keine kleinen Kinder mehr sind, und traut uns in Zukunft etwas mehr zu.
Benno hat beschlossen, Marten nicht wegen der Rangelei am See anzuzeigen. Seiner Meinung nach war sein Sturz ein Unfall, an dem er selbst eine Mitschuld trägt. Marten war total erleichtert und hat sich tausendmal bedankt.
Auch die seltsamen Erinnerungsfetzen, von denen Benno uns erzählt hat, ergeben nun einen Sinn: Er hat sich an den Streit mit Marten am See erinnert. Und an ein Konzert, das er zum Abschluss des letzten Semesters in der Stadthalle gegeben hat.
Übrigens hat uns Benno als Dank für unsere Hilfe heute Nachmittag ins Jagdschlösschen eingeladen. David, Blake und Holger kommen auch mit. Blake lässt dafür sogar sein WCMX-Training sausen, das will schon was heißen! Was uns dort genau erwartet, weiß ich nicht. Benno wollte nichts verraten und hat nur etwas von einer Überraschung gemurmelt. Ich bin wirklich total gespannt!

»Wisst ihr noch, wo es zum Pavillon geht?« Kim stand an einer Weggabelung und sah ratlos von links nach rechts.
»Wir müssen rechts abbiegen.« Franzi marschierte zielsicher voran.
»Dieser Park ist einfach riesig«, stellte Marie fest.
»Aber wunderschön.« Holger griff nach ihrer Hand und drückte sie. »Echt nett, dass Benno uns auch eingeladen hat.«
»Finde ich auch.« Blake kurvte in seinem Rollstuhl um eine

Baumwurzel herum. »Wenn der Weg noch holpriger wird, krieg ich allerdings Probleme mit meinem Rolli.«

»Keine Sorge, wir sind gleich da«, beruhigte ihn Franzi.

Kim und David bildeten das Schlusslicht.

»Ich wusste gar nicht, dass dein Orientierungssinn genauso schlecht ist wie meiner«, sagte David. »Ich würde mich hier sofort hoffnungslos verlaufen.«

Kim nickte. »Ich auch.«

»Also haben wir noch eine Gemeinsamkeit!« David lächelte ihr zu und die beiden sahen sich verliebt in die Augen.

Kurze Zeit später erreichten sie die Lichtung. Die Sonne stand schräg hinter den Bäumen und ihre Strahlen ließen den Pavillon fast wieder in seinem ursprünglichen Weiß erstrahlen. Majestätisch erhob er sich vor dem dunklen Grün der hohen Fichten.

»Da steht ja ein Klavier!«, rief Blake überrascht. »Mitten im Wald! Wie verrückt ist das denn?«

Jemand hatte die Plane entfernt und das schwarze Holz des Flügels glänzte in der Sonne.

Eine Gestalt trat hinter einer Säule hervor und verbeugte sich galant. Marie erkannte erst auf den zweiten Blick, dass es Benno war. Er trug eine weiße Perücke, die im Nacken zu einem Zopf gebunden war, und altmodische Klamotten. Seine Beine steckten in Kniebundhosen und langen weißen Strümpfen, dazu trug er einen weinroten Überrock und ein mit Spitze und Rüschen verziertes Hemd. Schwarze Schuhe mit goldenen Schnallen vervollständigten das Outfit.

Benno sah genauso aus, wie Marie ihn sich als Kurfürstensohn vorgestellt hatte. Sie unterdrückte einen Seufzer. Eigentlich schade, dass er kein Zeitreisender aus einer längst vergangenen Epoche war …

»Willkommen, liebe Freunde!« Benno breitete die Arme aus. »Welch wunderbarer Tag! Lasst uns die nächsten Stunden bei Musik, Tanz und fröhlichen Plaudereien genießen. Nehmt Platz!«

Er deutete auf einen langen Tisch mit weißem Tischtuch, der mitten auf der Lichtung stand. Um den Tisch herum standen mehrere Stühle, auf denen sich die drei !!!, Holger und David niederließen. Blake lenkte seinen Rollstuhl neben Franzi.

»Wir beginnen mit ein wenig Musik.« Benno nahm hinter dem Flügel Platz. Einen Moment schwebten seine Finger über den Tasten und er schien in sich hineinzuhorchen. Dann begann er zu spielen. Marie kannte das Stück nicht, aber die Musik zog sie sofort in ihren Bann. Die Töne schwollen an und ebbten ab wie ein wirbelnder Wasserlauf. Sie brachten eine verborgene Saite in Maries Herz zum Klingen und wirkten wie eine Dosis pures Glück.

»Weinst du etwa?«, flüsterte Holger.

Marie fasste an ihre Wange, die seltsamerweise ganz nass war. Sie wischte die Tränen weg und lächelte Holger zu. Trotz der Tränen war sie so glücklich wie schon lange nicht mehr.

Als das Stück zu Ende war, herrschte einen Augenblick völlige Stille. Selbst die Vögel im Park waren verstummt. Dann begannen alle gleichzeitig zu klatschten. Benno stand auf und verbeugte sich. Lächelnd kam er die Stufen herunter und begrüßte die Damen mit einem formvollendeten Handkuss und die Herren mit einer knappen Verbeugung.

»Freut mich, dass es euch gefallen hat«, sagte er und setzte sich auf einen freien Stuhl.

»Das war ... das war einfach toll!« Marie fehlten die richtigen Worte, um auszudrücken, wie nah ihr Bennos Musik gegangen war. Sie hoffte, dass er sie trotzdem verstand.

»Du spielst echt super«, bestätigte Holger.

Blake nickte. »Finde ich auch. Und dann dieses Kostüm und alles ... es ist fast, als würde man in eine andere Zeit reisen.«

Benno lachte. »Das ist ja auch der Sinn der Sache. Ich spiele hier im Jagdschloss manchmal Klavier oder Cembalo bei historischen Tanzkursen und anderen Veranstaltungen. Das ist ein netter Nebenjob, der mir total viel Spaß macht.«

»Ach so. Deshalb weißt du also, wie man Menuett tanzt«, sagte Marie.

Benno nickte. »Das Kostüm, die altertümliche Sprache und der Handkuss gehören natürlich auch dazu. Manchmal finden im Tanzsaal des Schlosses Bälle statt, bei denen alle historische Kostüme im Rokoko-Stil tragen. Statt elektrischer Lampen brennen Kerzen und ein Orchester sorgt für die passende Musik. Das ist echt beeindruckend.«

»Kein Wunder, dass du dich auf dem Gelände so gut auskennst«, sagte Franzi. »Dieses Wissen muss in deinem Unterbewusstsein immer noch vorhanden gewesen sein, als wir das letzte Mal hier waren.«

»Trotzdem ist es seltsam, dass du dem Sohn des Kurfürsten so ähnlich siehst«, meinte Marie.

Kim zuckte mit den Schultern. »Solche Zufälle gibt es eben manchmal.«

»Wer weiß, möglicherweise bin ich ja wirklich weitläufig mit

der Kurfürsten-Familie verwandt?« Benno grinste. »Vielleicht sollte ich mal ein bisschen Ahnenforschung betreiben.« Er holte einen Korb unter dem Tisch hervor. »Jetzt gibt's aber erst mal was zu essen. Ich hoffe, ihr habt Hunger.«
»Und wie!« Kim leckte sich über die Lippen, während sie zusah, wie Benno den Korb auspackte. »Schokomuffins, lecker! Hast du die etwa extra für uns gebacken?«
»Klar, was denkst du denn?« Benno grinste. »Die Muffins sind zwar nicht ganz stilecht, aber was soll's. Vor meinem Unfall fand ich Backen total blöd. Jetzt macht es mir seltsamerweise richtig Spaß.«
»Erinnerst du dich denn wieder an alles?«, erkundigte sich David.
»Ja, mein Gedächtnis ist vollständig zurückgekehrt.« Benno stellte einen Teller mit Weintrauben, Kekse, Walnuss-Brownies, Bananenchips, kleine Erdbeer-Törtchen und mehrere Saftflaschen auf den Tisch. »Aber viele Erinnerungen kommen mir immer noch fremd vor. Als hätte jemand anders sie erlebt. Ich glaube nicht, dass ich den alten Benno besonders gemocht hätte.«
»Du musst ja nicht alles so machen wie er«, sagte Marie. »Du kannst dein eigenes Leben leben.«
Benno nickte. »Das tue ich auch. Als Erstes habe ich beschlossen, mir eine Auszeit vom Studium zu nehmen. Ich brauche Zeit, um darüber nachzudenken, was ich wirklich will.«
»Klingt gut«, sagte Franzi.
»Greift zu!« Benno machte eine einladende Handbewegung. Das ließen sich die Gäste nicht zweimal sagen. Marie nahm sich eine Handvoll Weintrauben und Kim einen Muffin.

»Übrigens hat Kommissar Peters vorhin angerufen«, nuschelte Kim, nachdem sie in ihren Muffin gebissen hatte. »Er wollte uns mitteilen, dass die Taschendiebe vom See gefasst sind. Es scheint sich um eine organisierte Bande zu handeln. Im Sommer machen sie die Badeseen unsicher und im Winter die Weihnachtsmärkte.«

»Schön für den Kommissar, dass er auch mal ein Erfolgserlebnis hat.« Marie kicherte. »Ist bestimmt gut für sein Ego.«

Amadeus hatte Saft eingeschenkt und verteilte die Gläser. »Worauf trinken wir?«

»Auf den gelösten Fall«, sagte Kim.

»Auf unsere Erinnerungen«, sagte Franzi. »Die guten und die schlechten. Denn sie gehören untrennbar zu unserem Leben.«

»Auf die Zukunft!«, fügte Marie hinzu.

Klirrend stießen die Gläser gegeneinander.

Marie lächelte. Das Rätsel der Vergangenheit war gelöst. Die Zukunft würde sicher neue Rätsel für sie bereithalten und die drei !!! würden sie gemeinsam lösen. Denn zusammen waren sie einfach unschlagbar!